国木田独歩論

小野末夫［著］

牧野出版

国木田独歩論——目次

一　出生に関する疑問

一

国木田独歩・本名哲夫、幼名亀吉の出生に関して、父国木田専八実子説、非実子説の二説が唱えられ、現在までのところ、国木田専八実子説が定説化しつつある。

何故、専八非実子説が唱えられたのか。それは、独歩の母方、父方のそれぞれの戸籍、母まむの淡路家戸籍、父方の国木田家戸籍（国木田専八筆頭戸籍の竜野、元萩、萩、平生と転籍）に、母まむの〔連れ子〕として国木田専八に養子入籍、なる記述があることによるのである。

千葉県海上郡新生村　淡路善太郎戸籍簿に記されたまむ、亀吉の記述は次のとおりである。

丙子七月二十五日播磨国揖西郡竜野霞城町士族国木田専八ニ送籍
天保十四年癸卯　父　善太郎之長女十二月二十七日生妹
右同日同人方へ養子ニ送籍
明治四年辛未十一月十日生
まん夫雅《ママ》治郎亡長男甥

さて、国木田家の竜野町戸籍におけるまむと亀吉に関する記述は次のとおりである。

下総国海上郡新生村淡路善太郎妹
妻　　　マン
天保十四年卯年十二月二十七日生
明治十七年二月二十八日願済ノ上庶子ト更生願済ノ上明治十七年六月十日嗣子トス
妻マン連子先夫権《ママ》次郎亡長男四男庶子国木田亀吉
明治四未年七月十五日生

淡路家戸籍のまむ母子に付記されたのは、〔丙子七月二十五日〕〔国木田専八妻に送籍〕であるが、国木田家元萩町戸籍によると、国木田まむの入籍は〔明治十一年八月五日〕である。

淡路家、国木田家の戸籍に記載された記述では、独歩は、国木田まむと雅次郎（または権次郎）との間の子であって国木田専八の実子ではない。

それでは、独歩を国木田専八の実子であるとする説を唱える研究家諸氏は、何を根拠としているのであろうか。以下、独歩出生に関しての現在までの、実子説・非実子説を検討し、また、父専八の出身地である播州竜野における経歴と、専八の竜野出奔理由を考察し、独歩出生について論じたい。

二

専八実子・非実子が唱えられるようになったのは、坂本浩氏の『国木田独歩』(1)に端を発している。坂本氏以前に発表された論には、独歩の父が専八であることを疑うような記述はない。

坂本氏は『国木田独歩』中で、母まむの淡路家戸籍の調査結果を報告され、千葉県銚子市に保存されていた淡路家戸籍では、亀吉はまむと〔雅次郎〕との間の子であるが、実はこの戸籍上の記載は一時的便法であり、

独歩が生まれた時はまだ雅次郎が生存していたので、直ちに国木田家へ入籍することができなかったらしい（4ぺ）

と推測され、さらに、淡路家戸籍に記載された亀吉の出生年月日を、〔明治二年八月十二日〕とされた。その第一の理由として挙げられたものに、独歩の残した「唯闇を見る」[2]がある。

独歩はこの中で、

何故にわれ明治〇《ママ》年八月十二日に生れしぞ、何故に去年六月九日に彼女を得しぞ悪むべきは十一月十一日なり。四月十二日なり。噫われ如何で、今年六月十五日午後八時、茶石の海岸に酔倒せざりしぞ（傍点筆者）

と独歩の出生年月日と信子との出会いから離別までの月日を記している。ここに記された独歩の出生年月日以外の、〔六月九日〕〔十一月十一日〕〔四月十二日〕はいずれも、佐々城信子との〔出会い〕〔結婚日〕〔信子失踪日〕と合致している。

独歩が信子との出会いから離別までと自分の出生年月日を記す時に、意図的に自らの出生年月日だけを、事実とは反する数字を記したとは考えにくい。少なくとも信子との事実を記していることと考えて、独歩自身の出生年月日も事実を記しているものと考えてよかろう。

とすると、国木田家戸籍に記された、

明治四年七月十五日

と、淡路家戸籍に記された、

明治四年十一月十日

と全く異なる月日〔八月十二日〕なるものを、独歩自身の手で記していることをどう考えなければならないのか。

坂本氏の提出された問題が、それ以降の独歩研究家をして独歩出生の秘密に関する疑問を続出させる発端となったのである。

「唯闇を見る」中で記された独歩の出生年月日は、

われ明治〇年八月十二日に生れしぞ

であるが、〔明治〇年〕は何故伏せられたのか。また、そこには一体、どのような数字が入っていたのであろうか。

独歩自らの出生年月日を残したのは「唯闇を見る」だけではない。書簡、日記、そして『欺かざるの記』中では、自分に関係のある歴史的事実の年月日の記述はほとんど事実どおりに記載している。

「唯闇を見る」同様、『独歩遺文』に収められた「我が過去」(3)の中で、

丁年の徴兵検査を期として学生の早稲田を去り

と、東京専門学校を退学した時を回想しているが、独歩が東京専門学校を退学して山口県麻郷の村役場で徴兵検査を受けたのは、明治二十四年五月九日である。

学習研究社版全集(=以下全集と称す)第五巻収録、「明治二十四年日記」の五月九日の項に、

徴兵検査ノ事に付て用事あれば村役場まで出頭せよとの事故、午前先づ平生町なる神原氏を訪ひ氏と共に村役場に出頭す、別に格別の事なし、只だ申し聞かせの書に印をつひるなり

と、その感想を記している。「我が過去」に記された独歩の回想は、「独語」に記された出生年と同様、〔明治四年〕を起点としている。

それでは何故、「唯闇を見る」に〔明治〇年八月十二日〕と記したのであろうか。その理由の解明は、今となっては推測の域を出ない。しかし、繰り返し述べてきたとおり、独歩の出生に関して、専八実子・非実子のそれぞれの根拠となる点が、独歩の出生年月日であり、その出生年月日を戸籍どおりとすると、専八非実子となり、「唯闇を見る」から推測して独歩の出生が〔明治二年八月十二日〕とすると、専八実子となるのである。

さて、銚子の田中家から出た「田中玄蕃日記」なる史料がある。
野田宇太郎氏は、「田中玄蕃日記」の明治二年三月十五日の項に、

脇坂御船御役人より金談御申込有之候得共手柄行届兼候ニ付御断リ申上候

なる一文のあることにより、

脇坂は竜野の藩主で国木田家代々そこに仕えたのである。その御船役人の名は記されていないが、それが専八であることは大体間違いない。それに専八が船の難破によって銚子に上陸した人物であることは間違いないから、これはもはや疑う余地はない。

（略）

ともかくもこの新資料は専八が明治二年三月に銚子に来たことを明確にしていることに間違いはない、とすると、独歩が専八の実子でない一つの理由として今日まで挙げられていた専八の明治五年銚子漂着説は根底からくつがえされたわけである。同時にこの新資料によって明治四年生まれの独歩が専八の実子かもしれないと言う旧説に血が通い出したと言える。（傍点筆者）

のように「田中玄蕃日記」に記された〔脇坂御船御役人〕が国木田専八であることが間違いないかのように読み取れる説を発表された。また、同じ史料を引用された後で、

この御船役人が専八であると断定できないが、龍野藩の「分限帳」によれば彼は軍艦指図役支配会計方であるから、専八であるかもしれないということになる。

と指摘したのが川岸みち子氏[4]であった。

つまり、同一の史料を基に論述を展開するについても、研究者の視点、結論の方法によって断定的決定を下してしまうのと、あくまで推論の域を脱していないが、可能性はあると指摘するにとどめるか、研究者のめざす結論によって断定か推測かに分かれることになるのである。

全集第十巻資料篇に収録されている国木田家竜野関係の資料の中に、

　脇坂家文書　藩士三　第十一　脇坂家

分限帳

があり、そこには、

軍艦指図役支配
会計方　役米弐俵
一　弐拾五俵二人　国木田専八

と記されている。専八の脇坂藩における役職が、公式文書によって明らかになったわけである。しかしながら、川岸氏の指摘されるように、「田中玄蕃日記」にある〔御船役人〕が直ちに国木田専八であると断言する決定的根拠はない。

独歩の没後大正二年十一月一日、東雲堂書店から刊行された『独歩詩集』がある。体裁は文庫本で、装丁は岡落葉。吉江孤雁の八頁の序があり、「嬉しき祈」から「菫」まで詩が五十七篇と、最後に短歌四首が収められ、合計百八十頁、そして、巻末に三木露風の四頁の後書がある。

露風はその後書の中で、

独歩氏と私とは生前一度の面識もなかった。併し私が単に氏の崇拝者であることの他に、多少の因縁となるべきものがある。

氏の父家は私と同様、播州龍野藩の旧士族である。そして独歩氏の曽祖母におもんといふ人がある。此おもんといふ人は私の家から出て国木田家へ嫁入った人である。おもんといふ人の夫を権左衛門と言って其の間に氏の厳父専八氏が生まれた。専八氏のことは今私の年老った小母なぞは熱く物語にする。船番所の頭を勤めてゐて、藩主の御座船が銚子沖で沈没したゝために、その引揚方となって銚子へ出張して行った。銚子では思ふ女が出来たので国へは帰って来なかったと云って居る。

ともかく然ういふ風で、国木田独歩家の墓は代々土地の法華寺にあって、明治三十年頃まで私の家で供養を営んで来たのである。私は帰郷してから其邸跡を見たり又数度其墓も訪ねた。（傍点筆者）

と三木家と国木田家の因縁の深さを語っている。

三木露風の回想は、戸籍や古文書からの推測とは異なり、かなりの具体性がある。たとえそれが伝聞にあったにせよ、語り伝えられているからには、それなりの根拠があると考えるのが普通であろう。

ここで視点を変えてみたい。三木露風の回想は、専八の郷里、竜野からの専八に関する資料の唯一のものである。

今まで独歩の出生について見てきたほとんどのことが銚子であり、独歩の出生地に、専八が滞在したか、しなかったか、また、難破した〔神龍丸〕に専八が乗船していたか、いなかったかが問題とされており、それゆえ、「田中玄蕃日記」の〔御船御役人〕が専八であるか否かが独歩の出生にかかわる問題となっているのである。

確かに、〔神龍丸〕に専八が乗船していなければ、銚子に滞在しなかったとする説はそのとおりであろう。

〔神龍丸〕の遭難が慶応四年九月六日であり、（明治に改元は二日後の九月八日）田中家に金策の申込みに来たのが、明治二年三月十五日であるから、その間約半年の空白期間が生じている。仮に専八が〔神龍丸〕に乗船していたとして、その役職が〔軍艦指図役支配会計方〕であり、半年後に「田中家」に金策に来た経緯の説明が不十分である。

一方、三木露風の伝えるように、専八が竜野で〔神龍丸〕の遭難を知らされ、その引き揚げ方の〔会計方〕として竜野から銚子へ赴いたのならば、竜野から用意した金よりも思いのほか多くの金が必要であった時、専八が自分の職務を全うするために田中家へ借金の申込みに行ったと考えることができはしまいか。とすると、〔神龍丸〕遭難から「田中玄蕃日記」の約半年の時間の空白があったとしても、自然であったと考えられる。

三

次に独歩出生問題と関連する、国木田専八と竜野の関係について考察したい。全集第十集資料篇　一〇一頁から一〇二頁にかけて、

○脇坂家無足諸子略譜(原文は訓点付)

なる系図が収められている。それによると、国木田家の初代は、淡州須本机村人の国木田清太夫で、大坂夏の陣で功を挙げたことが記されている。国木田の初代は、この国木田清太夫である。

脇坂家における国木田家の地位は決して高いものではなく、中流階級の武士であった。そして、〔勘定方〕に就いたのは七代権左衛門の息子の権之助と早次郎だけであった。もともと初代清太夫は〔山林竹木在廻後支配下役〕であったのが、藩内での役職を転々とされ、六代勘右衛門になって〔山竹奉行〕とされたのであった。

ところで、仮に脇坂の〔神龍丸〕に専八が勘定方として乗船していたとして、専八には竜野に妻とくと、文化二年生まれの猛二、慶応二年生まれの倉太郎、明治元年七月九日生まれの弁三郎がおり、銚子で知ったまむを即刻妻とする訳にはいかない。

専八と竜野との関係を調査すればするほど首をかしげる事項が多数現れてくる。

坂本氏の唱えられるとおり、専八とまむに〔明治二年八月十二日〕生まれの独歩があったとして、竜野の国木田家戸籍には、〔明治六年四月二十一日生まれ〕の長女〔のふ〕の記載がある。つまり、専八とまむとの間に独歩が生まれた後で、専八ととくとの間に〔のふ〕が生まれたことになる。

独歩の出生が今まで唱えられているように〔明治二年〕であるにしろ、戸籍での〔明治四年〕にしろ、〔のふ〕が生まれたのは〔明治六年〕であり、専八はまむ母子を銚子に置いて竜野へ帰ったことになる。この間の経緯については推測する以外に方法はない。この間を推測したものとして、中島健蔵氏の「明治文学全集　国木田独歩　解題」(5)がある。

中島氏はまむと独歩が連れ子として入籍したことについて、次のように推測されている。

国木田家が封建的な家族制度、因習的な道徳観に支配されていた士族の家庭であったとすれば、当然考えられることである。国木田家には、妻子のみならず専八の母が存命中であった。当時の思想では国木田家と淡路家とは「身分ちがい」であり、妾腹ですらない私生児の亀吉の存在そのものを「秘密」にしなければならなかったという推定も可能である。もちろん、この推定にも具体的裏づけはない。しかし、専八は、明治七年に母が死去するや否や単身上京して、竜野の家族との清算にかかっている。

（傍点筆者）

国木田家と淡路家の〔身分ちがい〕、同時に当時の時代背景および思想上の問題を挙げておられる。

しかし、ここでまた一つの疑問が生ずる。それは、専八が竜野を捨てた理由である。山間の小藩で一生を終わることを嫌い、新政府による新時代の波の中に身を投じたのであろうか。それにしては、一地方の裁判所の書記で満足したのであろうか。三木露風の回想にあったように、専八の竜野での噂は決して良いものではない。繰り返すことになるが、

銚子では思ふ女が出来たので国へ帰って来なかったと言って居る。

との回想は何を意味しているのか。三木露風の回想は伝聞であり、真実性に欠けている

ことも考えられる。しかし、この露風の回想からすると、専八は国を出奔したことになる。とすると、〔明治六年〕に出生した〔のふ〕は、戸籍上は専八ととくとの間の子となるが、本当に専八ととくとの間に生まれた子なのであろうか。またまた疑問が生じてくるのである。

さて、ここで専八が竜野を去る時期について考察したい。

専八が竜野に記した最後の軌跡は、明治七年七月二十九日の専八の母もんの葬儀である。通常喪主は当家の主が当たるが、ここは専八が実際竜野へ帰っていたものかどうか疑ってみるのも、一考ではないか。

例えば、専八の銚子滞在時の認定をめぐる諸説の中で、小川五郎氏は、専八の履歴について、「国木田独歩年譜考」(6)の中で、〔明治二年乙巳九月十五日　任史生　竜野藩〕を探査されて、専八が明治二年には、

竜野藩史生として恐らく郷里でその任務についていたことが考えられるのである

と、専八が明治初年には竜野にいたことを指摘した。しかし、坂本氏は、

元来辞令は本人の所在如何にかかはらず発せられるものである。竜野藩に在籍する限り、仮に江戸詰であらうと京都詰であらうと、発令は本人の所在地に関係はない。（傍点筆者）

として、専八の居住に関係なく、辞令は発令されたと指摘している。

わが国の冠婚葬祭の慣例として、葬式の喪主は当家の主がするものであろう。とすると、国木田専八の母もんの葬儀の時に、その葬儀の主が専八であったことは、〔本人の所在地に関係はな〕く、喪主として認知されたことも考えられる。三木露風の回想による竜野における国木田専八についての伝聞は、単なる伝聞ではなく、国を捨てて再び帰ることがなかった専八には、重大な決意があったことを想像させるものではある。

全集第十巻の資料篇に収められている独歩年譜の明治七年の項に、

七・二九　専八母もん死す。母の葬儀後専八は単身上京す。

とある。現在までの専八と竜野との関係については、前述の中島氏の解説に代表されるとおり、専八は母もんの死去を契機として竜野を離れ、以後、専八が死去するまでの間一度も竜野に帰った形跡はない。

国木田家代々の祖先が身分が低かったとはいえ、武士として仕えた竜野に対して、専八とその子独歩は何らの係累を求めようとしていない。さらには、三木露風が伝えるように、国木田家代々の菩提すら行っていないのである。

後年、独歩は東京専門学校を退学して、両親のもとへ帰郷する際、神戸から一路船で柳井へ向かったが、仮に、国木田家の菩提を弔うことが可能であるのなら、海路または陸路にしろ竜野へ立ち寄ることは可能であった筈である。しかし、独歩の生涯を通じて、都合六回の竜野通過(一回目は東京専門学校入学時、(7)二回目は同校退学時、(8)三回目は佐伯への赴任時、(9)四回目は佐伯からの帰路、(10)五回目は従軍時、(11)そして、六回目は従軍の帰路(12))に際しても、竜野に立ち寄った痕跡はない。反対に、まむの故郷である銚子へは、独歩もたびたび足を運び、かつ、専八もまむとともに銚子へ旅行をしてもいる。

この矛盾は何を意味しているのか。

専八にとって竜野は禁忌の地であったのではなかったのか。専八だけではなく、国木田家にとっても同様に竜野は禁じられた場所であったと考えられるのである。

四

専八が竜野を離れることになった理由として、銚子でのまむとの出来事を原因とする竜野の噂以外に、独歩にとって義妹に当たる〔のふ〕の出生にも一因があろうと思えるのだが、これはあくまで推測にすぎず確証は全くない。

専八ととくとの間に生まれた長女〔のふ〕についても、独歩は生涯一度も言及してはいない。恐らく、独歩は竜野に異母妹がいたことすら知らなかったと考えられる。独歩の没後の追悼号にも、竜野における異母妹の記事は全くない。

とにかく、専八と竜野との関係は、専八がまむ母子を入籍以後、全くの絶縁状態であったことが明らかである。

現在では、専八が竜野と絶縁した理由は、唯一竜野の噂である〔銚子に思ふ女ができて帰ってこなかった〕ことなのである。

とすると、専八が〔神龍丸〕に乗船していなくとも、竜野の噂には関係なく、専八とまむとが深い仲になったことだけ事実として伝聞されてきた、とも考えられる。

以上、専八と竜野について考察してきたが、結論として推測の域を出ていないが、しかし、推理によって新たなる可能性が方向づけられたものと考える。

五

さて、次に独歩の出生年月日について考えたい。

明治〇年八月十二日

の〔明治〇年〕を〔明治二年〕とした根拠は、専八の銚子滞在時を〔慶応四年九月〕である、とした時間的経緯からの逆算であったであろうことが推測される。

独歩自身、出生年月日について残したものは「唯闇を見る」以外に「欺かざるの記」がある。

明治二十九年十二月三十一日の項に、

われ明年は二十七歳なり。父上は六十八歳なり。母上は五十五歳。弟は二十歳なり。

　而して信子は二十歳なり。

と家族の年齢を記している。信子との離別に煩悩した年の大晦日のことである。

専八、まむ、収二、信子、共に丁年上がりの年齢であり、特に、収二と信子が同年の出生(明治十一年)であることから、独歩を含め数え年計算で記している。とすると、独歩自身は自分の出生を〔明治四年〕に起算している。

「独語」(「明星」十五・十六・十七号　明治三十四年九月～十一月)の冒頭に、

　余の日記は明治二十六年二月四日に初りて三十年五月十八日に至、題して「欺かざるの記」といふ。
　余は明治四年に生まる、故に「欺かざるの記」余が二十三歳の春に初りて二十七歳の初夏に至る。(傍点筆者)

と、その出生年を〔明治四年〕と明記している。(「独語」は独歩没後の「独歩遺文」中で、「欺かざるの記(抄)」と題を変え再録されている。)

つまり、独歩自身は〔明治四年〕出生の、戸籍上の出生年を念頭に置いて自分の年齢を計算していることは明らかなのである。「欺かざるの記」明治二十九年十二月三十一日、「独語」明治三十四年九月のいずれも、出生年は〔明治四年〕を起点として、明記していることは、独歩が出生年に疑いを抱いてはいなかった証左であろう。それでは何故「唯闇を見る」中で〔明治〇年八月十二日〕と記したのであろうか。ここでもう一度「唯闇を見る」に記された文章について考えてみたい。

繰り返すことになるが、「唯闇を見る」中に記されている〔明治〇年八月十二日〕の、〔明治〇年〕が問題なのである。この出生年が〔明治四年〕であるのならば、独歩の戸籍上に記されている出生年と同じであり、何ら問題は生じなかったに違いあるまい。

明治新政府になって行われた戸籍法の実施は、〔壬申戸籍〕で明治五年二月一日からであり、現在のように戸籍が整備されておらず、厳正さに欠ける点があったことも事実であったろう。

淡路家の独歩に関する出生年月日の記載は〔壬申戸籍〕直後のものと考えられる。また、国木田家の戸籍に関しては、専八が裁判所の書記の地位にあったことを利用して、戸籍上に手心を加えたとする説さえあることも周知の事実である。

さて、淡路家戸籍に記載されている〔十一月十日〕と、国木田家戸籍に記載されている〔七月十五日〕とでは、四カ月の開きがある。新暦が採用されたのは、明治五年十二月九日であり、(明治五年十二月三日を明治六年一月一日とする) まむ・独歩母子が淡路家戸籍から国木田家戸籍に送籍されたのが、明治九年七月二十五日付けであり、国木田家戸籍入籍が、明治十一年八月五日である。この間の二年間は、まむ母子は無戸籍のままであったのである。この間に専八はまむ母子を国木田家に入籍する準備をしている。それは次のようなことであった。

明治九年二月二十日
　専八　山口裁判所勤務命ぜられる
九年五月三十一日
　専八　妻とくと離婚
九年七月二十五日
　まむ母子　淡路家戸籍から国木田家戸籍へ送籍
明治十一年八月五日
　まむ母子国木田家戸籍入籍

淡路家戸籍に記された独歩の出生年月日は、壬申戸籍に基づいて申告されたものと考えられる。恐らく役場で申告したものであろう。それゆえ、独歩の出生に関しても、まむと権次郎との子としての申告が可能だったのではあるまいか。淡路家の戸籍に記入された独歩の出生年〔明治四年〕を国木田家の戸籍上で変更することは、後々の複雑さを考えても意味をなさない。それゆえ、独歩の出生年はあくまでも〔明治四年〕で通すこととしたものと考えてよかろう。問題は出生月日である。

専八が国木田家の戸籍上に記載した独歩の出生月日は、明治五年に実施された太陽暦にかかわりなく、旧暦であったと考えてよかろう。とすると、国木田家の戸籍上に記されている独歩の出生月日の〔七月十五日〕は、旧暦の月日ということになる。

後に独歩が自ら出生年月日を「唯闇を見る」において記す時、戸籍に記されている独歩の旧暦の出生年月日を、新暦で記したと考えることができる。しかし、独歩が知らされていた自分の出生年月日は、国木田家の戸籍に記されている〔明治四年七月十五日〕ではなく、〔明治三年七月十五日〕であったのではないのか。

今、「新旧暦対照表」で、旧暦「七月十五日」と新暦「八月十二日」の重なる日を調べてみると、旧暦「七月十五日」と新暦「八月十一日」が重なるのが、明治三年である。

因みに、明治二年の旧暦「七月十五日」は新暦「八月二十二日」であり、明治四年の旧暦「七月十五日」は新暦「七月三十日」となるのである。（参照「近代陰陽暦対照表」昭和

四十五年十二月二十五日印刷　昭和四十六年一月二十五日発行　編者　外務省　発行所　原書房
復刻原本　昭和二十六年）

〈注〉

（1）三省堂　昭和十七年十一月十五日
（2）『独歩遺文』明治四十四年十月三日　日高有倫堂
（3）注（2）に同じ
（4）『独歩の所謂出生秘密説に関する疑問』「国語と国文学」四十八巻十一号
（5）筑摩書房　昭和四十九年八月三十日（三五九ぺ）
（6）「国文学」四巻七号
（7）明治二十年四月頃
（8）明治二十四年五月一日　新橋発
（9）明治二十六年九月二十一日　新橋発
（10）明治二十七年九月三日　柳井発
（11）明治二十七年十月十三日　新橋発
（12）明治二十八年三月十三日　帰京

二　東京専門学校時代

一

明治二十年四月以降、今井忠治の勧めにより、独歩は上京し、一時神田の某法律学校に入学した。今までの独歩研究では、この上京時に入学した某法律学校が何という学校であったのかについて、言及したものがなかった。当時のことを追及する資料もないこともその一因と思われるが、当時、東京において法律学校を専門にしていた学校というのは、今の日本大学の前身、日本法律学校であったとも考えられる。また、同じ神田にあった中央大学の前身、中央法律学校とも思える。

母まんや弟収二の回想にあるとおり、父専八が独歩上京に当たって、交換条件として法律学校に進むことを持ち出した話に相違あるまい。

独歩が東京での宿と定めたのは、義兄倉太郎がかつて寄宿した家で、竜野町の国木田家戸籍の倉太郎の項には、

明治十三年六月ヨリ同廿三年五月マテ東京府下京橋区岡崎町壹丁目八番地米田駒次郎方へ寄留之處明治十五年十一月廿五日病死

なる記述があり、元萩町には、

二男　明治十五年十一月二十五日死す

とある。
独歩は「病榻雑話・四　鮪の刺身」の冒頭で、

僕は十七の時東京へ出て、まづ義兄が世話になった八丁堀の荒物屋を訪ねた。処が其荒物屋……(油だの炭だの紙だのを売る)……の二階に義兄が居ったのだが、その梅干爺

さん（荒物屋）が一日僕を上野に連れて行った。

と、上京の際に止宿した様子を回想している。

さて、この独歩の晩年の回想にもあるように、独歩がはじめて上京するに当たって、父専八が独歩に指示した宿は〔義兄が世話になった八丁堀の荒物屋〕であった。義兄とは前述の国木田倉太郎であることは間違いない。

とすると、上京に際して、独歩は父専八の過去の一端を知らされたことになる。倉太郎は国木田家戸籍によると、明治十五年十一月二十五日死亡しているが、かつて倉太郎が世話になった荒物屋に独歩を止宿させたことは、専八が独歩の上京に非常な心配をしていたからにほかなるまい。また、倉太郎なる義兄については、東京で死亡した由、父専八から知らされていただけで、竜野の国木田家のことは知らされていなかったと想像できる。またはは知らされていたにせよ、竜野なる地名は禁忌であったのかもしれない。

いずれにしても、独歩上京の折、最初に宿としたのは、義兄倉太郎が世話になった米田駒次郎方であったことは間違いない。

さて、上京後明治二十一年五月七日付けで独歩は東京専門学校英語普通科に入学する。東京専門学校入学当時を、独歩は「あの時分」中において次のように回想している。

私がまだ十九の年でした。城北大学と言へば、今では天下を三分して其一を有つとでもいひそうな勢力で、校舎も立派になり、其周囲の田も畑も何時しか町にまでなって了ひましたが、所謂る「あの時分」です、それこそ今のお方には想像にも及ばぬことで、じゃんじゃんと就業の鐘が鳴る、それが田や林や、畑を越えて響く、それ鐘がと、素人下宿を上草履のまま飛び出す、田圃の小路で肥料を擔いだ百姓に道を譲って貰うなどという有様でした。

東京専門学校入学後、明治二十二年七月六日、国木田家戸籍は、山口県長門国阿武郡萩町大字恵美須町より、同県厚狭郡船木村第三百三十九番屋敷第一舎同居住に転居する。これよりも前、二十一年十月二十二日付けで、専八は萩治安裁判所より、赤間関治安裁判所船木出張所へ転勤となっていたことによるものである。

二

独歩の書簡で現存する最も古いものは、明治二十三年五月十八日付け、田村三治宛てハ

ガキで、

今日教会に行く都合なりしが止みぬ別に理由はなく、只だいやになれたればなり明日来り給へ話もあるべし

なる内容であるが、ここでは明らかに独歩が、教会に通っていたことが判明するのである。しかし、同時にこの時期の独歩は、教会に対して決して熱心でなかったこともわかるのである。

独歩の日記には有名な「欺かざるの記」があるが、ほかにも「明治二十四年日記」(全集五巻)がある。「明治二十四年日記」は、明治二十四年一月一日から、明治二十四年七月三十一日までの七カ月に及ぶ独歩の日常日記で、「欺かざるの記」とは異なり、独歩の精神内容の変遷はほとんど記されておらず、日常の雑事の記載が主である。

「明治二十四年日記一月四日」に、

午前教会に行く、受洗す。

とあり、この日に独歩は洗礼を受けたことがわかるのである。

田村三治は「早稲田時代」（『新聲』第十九巻第一号収録）中で、早稲田時代の独歩と教会の関係について、次のように記されている。

> 私は級が違ったので学校に於いては余り多く独歩を知らないのだ、彼と能く知る様になったのは、同じく一番町の教会になってからの事であります。一番町教会は今の富士見町教会の前身其頃から既に植村正久先生の牧《ママ》されて居た教会です、当時私は熱心なる基督者で、バイブルなどは片端から神のなりと信じて居た頑固党であった、独歩も猶且《やは》り植村先生を崇拝して、早稲田から一番町まで通って来たので、ある朝偶然会堂の中で出会って、やー君もかてふ調子で非常に嬉しかったので、それじゃ僕も君の為に尽くそうと言って、それから一所に寄っては教理の研究をする植村先生の処へ出掛けては話を聞く、間もなく教会に入る様になった

独歩に洗礼を授けた一番町教会牧師であった植村正久は、独歩没後「信仰上の独歩」と「教会時代の独歩」を公にしている。

国木田君は明治二十三四年頃、未だ早稲田専門学校在学時代に学友の田村三治君などと一緒に私の手で洗礼を受けた。教会はその頃一番町教会といふのであったが、今は無。その間には格別いふ事もないやうだ。（『信仰上の独歩』）

国木田君が私の手で洗礼を受けたのは、さう明治二十三四年の頃であらう。教会は今の富士見町教会の前身一番町教会が麹町区一番町にあった時代である。君はその頃早稲田専門学校在学中で、学友田村三治君などゝ一緒に来たのである。教会には度々来て居たが、その間には格別いふこともないやうだ。（『教会時代の独歩』）

右は植村正久の独歩受洗前後の回想であるが、「信仰上の独歩」も「教会時代の独歩」もほとんどその内容に相違はない。

独歩は臨終において、植村正久を招いて祈ろうとしたがかなわなかった。そのことについて植村正久は、

然し大体に於いて信仰は無かったと言うと宜しかろうと思う（『信仰上の独歩』）

と書いた反面、

或は信仰に進むで死なれたのではないかと内心喜んでゐる（『教会時代の独歩』）

と、同一人物の残した書物で、独歩の信仰問題を正反対のとらえ方をしているのである。独歩自身は後年「あの時分」中において、自分自身の信仰上の問題について次のように記しているのである。

他の下宿に移って間もなくの事でありました。木村が今度、説教を聴きに行かないかと言ひます。それも断って勧めるのではなく、彼の癖として少し顔を赤らめて、もぢ〳〵して、丁寧に一言「行きませんか」と言ったのです。私は否と言ふことが出来ないどころではなく、嬉しいやうな気がして、直ぐ同意しました。

雪がちらつく晩でした。

木村の教会は麹町区ですから一里の道程は確にあります。二人は木村の、色の褪めた赤毛布を頭から被って、肩と肩を寄合って出かけました。祈り〳〵立止まっては毛布から雪を払ひながら歩みます。私は其以前にも基督教の会堂に入ったことがあるかもしれませんが、此夜の事ほど能く心に残って居ることはなく、従って彼の晩初めて会堂に行った気が今でもするのであります。

これは独歩の「あの時分」の回想だが、この場面が即、受洗した日であると断言するのではなく、独歩が友人に連れられてはじめて教会の(しかも都会の教会)に入った印象が強かったことがうかがえるのである。

さて、独歩が受洗するに至った経緯について前述の田村三治は「教会時代の独歩・信仰の人=独歩」で次のように回想している。

独歩が早稲田の三上といふ下宿屋に居た時の事であるが、其頃三上で彼と同室に居た猶且《やは》り早稲田の政治科の学生に佐藤穀といふ人があった。此人は今宮城県の県会議員をして居るが、之は其頃能くあった一種の宗教家で、日曜日毎には必ず早稲田の奥から一番町の植村正久先生の教会へ出掛けて来た、独歩は即ち此佐藤に連れられて教会へ来たので、此で我輩との交流も深くなり、植村先生とも知り合う様になって、間もなく洗礼を受けたのである。

独歩にとって教会は別世界に見えたことであろう。教会に通い始めた頃の思い出を記した「あの時分」中で、教会に出入りし始めた頃のことを次のように記すのである。

会堂に着くと入口の所へ毛布を丸めて投げ出して、木村の後について内に入ると、まづ花やかな煌ゝとした洋燈の光が堂に漲って居るのに気を取られました。これは一里の間、暗い山の手の道を辿って来たからでしょう。次にふわりとした温暖かい空気が冷え切った顔に心地よく触れました。之は熾にストーブが燃いてあるからです。次に婦人席が目につきました、

房ゝとした毛を肩に垂れて真白な花を挿した少女や其他、何となく気恥ずかしくって、能くは見えませんでしたが、たゞ一様に清かで美しいと感じました。高い天井、白い壁、其上ならず壇の上には時ならぬ花草、薔薇などが綺麗な花瓶に挿して有りまして、その故ですか、どうですか、軽い柔かな、佳い香気が温暖い空気に漂ふて顔を撫でるのです。うら若い青年、未だ人の心の邪なことや世の態の険しい事など少しも知らず、身に翼の生えて居る気がして思ひのまゝ美しい事、高いこと、清いこと、そして夢のやうなこと計り考へていた私には如何なに此等のことが、先づ心を動かしたでせう。

このような高尚な思いを抱いて通った教会での教えは、後年、理想と現実との狭間における葛藤の結果として、現実主義を重んずる傾向となり、それが遂には、キリスト教的理想主義を退ける結果となったのである。

三

明治二十四年一月十八日、外神田大時計前福田屋で開かれた、青年文学会に出席する。この日青年文学会に出席したのは、坪内逍遙と徳永蘇峰であった。この席上独歩は、水谷真熊の紹介で徳富蘇峰に近づいたのであった。

青年文学会の発足から「青年文学雑誌」第一号発刊までの経緯は、「青年文学雑誌」第一号の＝本会記事＝に記されている。それによると、明治二十三年十月五日、麹町富士見町一丁目五番地片岡方にて青年文学会設立に関する発起人会が開かれ、参加した者は、引頭百太、遅塚金太郎、加限信之、丁吉治、佐々木秀實、宮崎八百吉、水谷真熊、人見一太郎、百嶋哲太郎、杉村廣太郎等二十名で、これらによりて青年文学会規約を定め、続いて発起人中より委員を互選しているが、独歩は委員に選出されてはいない。後十月十七日相談会が麹町仁泉亭で開かれ、発起人会を錦城学校で行い、依田百川、森田思軒に講話を依頼することを決めている。この日の相談会に出席した者十二名、その中に独歩も入っている。

十月十九日、錦城学校にて行われた青年文学会発会式に参加した会員九十三名別に、発起人の紹介で第一回に限り傍聴を許された者数十名、会場は満員であったと伝える。午後一時、委員総代、杉村廣太郎が開会の主旨を述べた後、委員の祝辞および演説、しかし、予定していた森田思軒は病気を理由に欠席し、依田百川も出席せず、予定変更を余儀無くされ、規則に関する協議で会を閉じた。

第二回例会は、十一月二十三日午後二時半から、錦城学校大教場において、森田思軒「青年の読書」、徳富蘇峰「新日本の詩人」、内田遠湖「美術と教育との関係」、依田百川「四十年前学生の状態」の講演を行い終了した。参加会員数は数百名であった。

第三回例会は、十二月中に開催の予定が延期となり、翌二十四年一月十八日、神田大時計前福田屋において開かれ、来賓として、坪内逍遙、蘇峰が招かれている。この二名のほかに、第三回例会に森鷗外も来賓として招かれていたことが、宮崎湖処子の森鷗外書簡から明らかになった。

次の書簡が宮崎湖処子が森鷗外に宛てたものである。

拝啓　其後は拝趨も事不任候處筆硯益御多祥奉賀候偖小生等二三ケ月前より青年文学と申す諸専門学校若手の熱心家及び我々青年文学思想のもの相集会して毎会諸先輩大家の演説を承り追て演説筆記を雑誌に致す積の処当分は未に其運にも不到候へとも漸ゝ盛運に赴き候段全く諸先輩方文学鼓舞の結果と奉甚謝候前回にハ依田内田徳富四大家の御臨席によって一層景気相つき候今回にハ是非先生を御請聘可申との衆議によって小生より先生の御承諾を得よとの事に有之候処何様近頃の政治御伺も不申上相変らす書面を以て御願申事失礼とハ存候へとも右何卒御承諾被下度当日は此回の日曜日午後一時に御座候　右御承諾被下候ハゝ何卒御一報被下度万一御都合あしくも候ハゝ是も御通知に預度候

宮崎八百吉

十二月十五日

森先生侍史

青年文学会発起人会から参加し続けていた独歩ではあるが、出発当初から委員ではなかった。しかし、会の運営に熱心であったことから、途中で委員に推されたとも考えられる。

青年文学会発行の「青年文学雑誌」は、以上のような経緯のもとに、明治二十四年三月六日第一号が発刊された。発行所は、東京麹町区有楽町一丁目五番地　中村修一方　編集人は遅塚金太郎である。その内容は、例会での講演を筆記し、同時に会員の詩歌、文章批評等を載せることを目的としている。

青年文学会で独歩は宮崎湖処子と共に委員として名を連ねるが、後に「抒情詩」刊行する時に、発行者として湖処子の名を記したのも、先輩としての配慮からと考えられる。

さて、独歩の東京専門学校時代を友人の中桐確太郎は「早稲田時代の独歩」中で、

早稲田時代の国木田君は、まづ半分――といふよりも七八分までは学校は欠席。そして何でも自分の好きな事ばかりしてゐたので、それに又同じやうな連中が政治科其の他にあって、よく放談高論に日を暮らしてゐました。元来あの頃早稲田といふものは、地方にゐる書生などには、学問に於ける理想の世界とも思はれてゐたので、同志社の方などから続々早稲田へ入って来たものです。然るに来て見ると想像下程でないといふので不平満々で、欠席ばかりしてゐたもの。一方では又在学中に「青年文学」

などといふ雑誌を発行して、学校へも出ずに勝手な事をしてゐたのです。当時の連中では大久保湖州といふのが第一の秀才で、兄哥分であったのですが、それが「決然として去る!」などと言って、第一に早稲田を去るといふやうな訳。国木田君も矢張卒業はしなかったのです。

と独歩の専門学校時代の生活を回想している。

「明治二十四年日記」によると、同年二月二十日の項に、

午前登校。来週内にもストライキも愈ゝ執行に一決す。

とあり、翌二十一日の項に、

午前吉田友吉氏と共に坪内雄蔵君を訪ひストライキを執行せし由を告げて帰る。

とある。

このストライキとは、東京専門学校校長である鳩山和夫更迭要求のためのストライキで

ある。鳩山更迭運動の終始は、水谷真熊の「雁山集第壹巻」中の「校長更迭運動失敗の小歴史」（専門学校）（明治二十四年三月記）＝（全集第十巻五三五ぺ）に詳しい。

「校長更迭運動の失敗小歴史」によると、

昨秋前校長前島密君に代わりて鳩山和夫君、我か校長の職に就かるゝや予輩生徒一同か現校長に望を嘱したること決して少々ならざりき蓋し前校長は身官途にありて力を校長の職に前盡する能はざれは今新に官職を辞して身に煩累なきの鳩山君を以て之れに代はらしめたる学校の精神の亦た現校長に望を嘱したること決して予輩生徒に一歩を譲らざるを見るなり。

と記し、さらに、

今歳明治二十四年一月二十七日政治三年生の厚誼会を築土八幡松風亭に開会せり是れ実に此の校長更迭運動の導火たりしなり

と、鳩山校長更迭運動の口火を記し、校長更迭運動が始まった理由を、次のように記している。

当時我専門学校の有様如何を観れは講師の国会議員たるものは議会の繁務に駆られて学校に見向きもせず校長は一度の失敗は苦にもせず府下十選挙区の補欠候補者として一旗挙けんと熱心にして学校へは冷然たり左なきだに全体学校衰勢に向わんの時なるに此の有様には心あるもの誰れか慨然たらさるものあらんや而して此の不振を慨して幹事に迫り事務員に強談するものあるも多くは是れ一致の事にあらされは或一部分(政治科と力行政科と力)の事に関することにして学校全体の為めに力を致すものなく又学校全体の輿論果して何の辺にあるか知る可からさる有様なりき

鳩山校長が学校長としての責務を全うせずに、府下の補欠選挙に出馬しようとしていることに対する学生の不満が、排斥運動の口火となった。

東京専門学校のストライキは、鳩山校長が国会議員の補欠選挙に出ることに対する学生の不満が爆発したものであった。

しかし、独歩はすでに学校に対する情熱を失っていたようで、二月二十日二十一日両日に、家永、坪内にそれぞれストライキを執行する由を告げた後は、「明治二十四年日記」

によると、五月一日に帰郷するまでの約二カ月半は、散歩と読書の毎日であったことがわかる。これは、前述中桐確太郎の回想と一致するところでもある。

独歩はストライキ駆動の中で、勉学意欲を失っていたのかもしれない。前述の明治二十三年七月二十日付、大久保余所五郎宛書簡にもあった如く、インフルエンザで試験を受験できず追試を受けていたり、〔青年文学会〕等に顔を出したりで、中桐確太郎の追想にあるとおり、学業にはほとんど身を入れていなかったと想像できる。

さて、東京専門学校在学中の独歩が、〔青年文学会〕に入っていたことはすでに触れたが、「明治二十四年日記」中に、「早稲田評論」なる文字を散見することができる。

「明治二十四年日記」一月十七日の項に、

午後早稲田評論の「二十三年」其の一山縣内閣を清書す。

とあり、また、一月二十日には、

夜小野房太郎氏に到り、早稲田評論之編輯事務を助けて直ちに帰宅すと、すでに「早稲田評論」の実務に携わっていたことがわかるのである。この「早稲田評論」は、どのようなものであったのか。

田村三治は「早稲田時代」中で、「早稲田評論」の出現について、次のように回想している。

明治二十三、四、五年ころ、早稲田の尤も………といふは御叱責が出るか知らんが………振った時代で、弁論に於ても、乃至は腕力沙汰に於ても、今日になっても世に聞へて居る豪傑が雲の如く集って居て、随分面白い事がありました、其頃図書館の閲覧室に突然「早稲田評論」と題する雑誌が出現した、真赤な表紙中には改良半紙十枚綴ってあるのです、勿論印刷したものではなく、悉く筆で書いたもので、論文あり、翻訳あり、詞藻あり、記事あり、投書あり、片端から、朱の圏点をくつ付けた仰山なものだが、其議論、文章、却々尋常学生の手に成たものと思はれない、実に凄まじい位立派なものでありました

さらに、

「早稲田評論」は其後学校の教師を攻撃する事が非常であったので到頭発行停止を命ぜられた、発行停止とは事務局の人が何時の間にか其雑誌を持って行って了ふ事です、之では折角発行しても仕方がないから廃めた。

と、その発行が終了したことに言及している。

このことから、「早稲田評論」は、専門学校の学生たち(独歩も中心人物の一人)が手書きで作りあげた回覧雑誌であったことがわかるのである。

明治二十四年三月二十三日の項の、

午前小野房太に至り、早稲田評論の論文を取りに行く。帰りて編輯に従事す。午後学校に至り早稲田評論を発行す。

との記事を最後に、「早稲田評論」に関する記事は記されていない。

田村三治の回想に、学校への攻撃が激しくなってきて発行停止となった、とあるのは、明治二十四年三月頃であったと推測できる。恐らく校長排斥運動の波が「早稲田評論」にまで及んだと考えられる。手書きであった由、恐らく一部しか発行しなかったものと思われるが、独歩がどのようなことを書いていたかを知ることができる手掛かりとなるだけに、その姿を見られぬことは残念である。

独歩は一方で「文壇」なる雑誌にも関係していたらしく、「明治二十四年日記」一月六日の項に、

午後神田英学校内にて開きたる文壇社講演会に出席す

とある。「文壇」に関して、「全集第五巻解題」で福田清人氏が、

文壇社とあるのは、田村三治が中心となった文学愛好者の結社。名誉社員に文壇著名人を推し、社員を通常、特別に分ち、前者は五銭（後八銭から十銭となる）後者は別に定めず前者以上を適宜納めたもの。社員には機関誌「文壇」（第一号、二三・九・一五）を頒布した。「文壇」は非売品で三十二〜四十頁前後の菊判雑誌。名誉社員の寄稿以外には、一般社員の評論、随筆、詩歌、小品を載せた。同誌は六号（二四・四・二〇）まで現存するが、七・八号は未発見である。九号から「日本文壇」と改題し、編輯者も変わってゐる。独歩が執筆したのは、三・四号のみである。

と、解説しているとおりである。「明治二十四年日記」の二月三日の項に、

田村三治氏と道行き乍ら語り、文壇を辞す。

とあり、さらに「文壇」第五号（明治二十四年三月七日発行）の〔本社広告〕に、

○理事ノ退任　理事国木田哲夫及び斉藤哲郎ノ二氏ハ事故アリテ退任シ

とあり、さらに六号（明治二十四年四月二十日発行）の〔本社記事＝庶務部報告〕として、

○前号本社広告中国木田哲夫氏退任云々と記せしは誤にて同氏は退社したる迄にて本社に一切関係なし

と、続けて記載しているのである。なお、「文壇」一号（明治二十三年九月十五日発行）記載の社員中に独歩の名があり、四号（明治二十四年一月二十八日発行）の〔理事推薦〕の記事

中に、独歩の名があることから、前述の福田氏の解題にあった如く、田村三治との交友関係から「文壇」に関係したものと考えてよかろう。退社理由は明らかではないが、恐らく帰郷することがその理由であったものであろう。

独歩は東京専門学校に対する興味を失っていたようで、「明治二十四年日記」の三月一日の項に、

余は殆ど帰国する所に決心す

とあり、翌二日の項に、

大久保小野の両氏来る。色々身上に付いて語る、二氏皆帰国に賛成す。

と記すのである。独歩の心は東京での勉学からすでに離れていたことがうかがえるのである。

三　「古人」執筆に及ぼした伴武雄・山口行一の死の影響

はじめに

国木田独歩と佐々城信子との恋愛から離婚に至る過程は、日本近代文学史上で有名な文壇恋愛事件として記憶されている。特に独歩と離婚後の信子が、有島武郎の「或る女」の自由に生きた主人公のモデルとされたことも、独歩との恋愛をさらに強調する結果となったのであった。

独歩と信子との恋愛の契機は、明治二十六年六月九日、佐々城家で開催された、国民新聞社と毎日新聞社の日清戦争従軍記者饗応の席上、独歩が信子を見たことから始まるとされている。

佐々木豊寿女史夫妻の招きにより国民新聞社及び毎日新聞社の従軍記者と共に晩餐の饗応を受けたる事、（其の時はじめて其の令嬢を見たり。宴散じて已に帰らんとする時、余、携ふる処の新刊家庭雑誌二冊を令嬢に与へたり。令嬢曰く又た遊びに来り給へと。令嬢年のころ十六若しくは七、唱歌をよくし風姿素々可憐の少女なり。[1]）

信子との出会いは独歩にとっては運命的とも言えることであったことは想像に難くないが、信子との出会いの前後に独歩を著しく苦しめた出来事があったことを見逃すことはできない。それは、明治二十八年六月二十二日の〔伴武雄の死〕であり、七月六日に死亡した〔山口行一の死〕であった。この両名の死が引き金となり、独歩の詩「古人」が作られたが、執筆の原因は両名の死と共に、佐々城信子との恋愛の進展も無視することができないことなのであった。

それは、伴武雄・山口行一の死に直面し、失望を抱いた独歩に一条の希望の光を与えたのが佐々城信子の存在であったと考えられるからである。

つまり独歩は、伴武雄・山口行一の死に対する感傷的心境から脱しようとして、会ったばかりの佐々城信子を、独歩の心象として保ちながらその心象に慰謝を求めようとして、

〔恋を恋する〕ことになり、それが信子に対しての恋愛感情を抱くに至ったと考えられるのである。そして、「古人」執筆によって、後の独歩文学の柱ともなる〔驚異心〕も覚醒し始めた、と考える。

本稿では、独歩と信子との恋愛の発展と伴武雄と山口行一の死とのかかわりと、伴武雄・山口行一両名の死と「古人」の成立との関連について、考察を加えたい。

一

独歩と伴武雄との交友記録とについては、「欺かざるの記」明治二十六年三月二日に、

三上氏を訪ひ、伴氏を訪ひ、吉田友吉、桐原の両氏を訪ひ、終に半日を過ごしぬ。

とあるのが『全集』中で最も古い記述である。この時点で独歩は、東京に滞在中で自由社に入社中であった。(2)

一方、伴武雄は東京専門学校に在学中であった。独歩と伴武雄の交友は「欺かざるの記」が唯一の手掛かりであるが、いつから二人が交友を結んだのか定かではない。しかし、

伴武雄の出生年月日が明治五年十一月十二日で独歩と同年齢であること、伴武雄の家が山口県熊毛郡大野村第四一五番地であり、独歩の父が山口裁判所の書記として明治二十四年五月頃から麻郷役所に勤務していた時に住んだ、麻郷村第四九七番地　吉見トキ方と近接していること、独歩が東京専門学校を二十四年五月退学し両親のいた麻郷村へ帰郷していたこと等を併せて考察すると、独歩の麻郷村帰郷後に交友を結んだか、あるいはそれ以前にすでに東京専門学校在学中に友人関係にあったことも十分考えられる。

「欺かざるの記」草稿第一緒言(二)の表紙に、〔伴武雄〕の署名があることは周知のことであるが、このことは独歩と伴武雄との親交が浅からぬものであったことを証明している。

さて、伴武雄は学業半ばにして結核となり、帰郷していたことが、「欺かざるの記」明治二十七年六月二十四日の項の、

伴武雄氏より書状来る。喀血病を病み帰省したりと

とあることから知れる。独歩は明治二十六年九月から二十七年六月まで、九州大分県佐伯町の〔鶴谷学館〕へ教師として赴任した。二十七年八月一日、佐伯を去るのであるが、

その時、〔鶴谷学館〕での教え子であった、山口行一・富永徳麿・尾間明・並河平吉の四名が上京を約束する。

独歩は佐伯出発後、八月三日夜、山口県柳井の両親のもとへ上京の際寄り、九月三日までの一カ月間滞在する。この間に独歩は、結核のため帰省中であった伴武雄との交友を温めている。

「欺かざるの記」明治二十七年八月十三日に、

昨日午睡半ばにして伴武雄氏来訪。今朝伴氏帰宅す。昨夜は吾が家に一宿す。

とあり、伴武雄は独歩が柳井に帰ったことを知り、独歩宅を尋ね、一晩を過ごしたことを記している。さらに、八月二十一日の「欺かざるの日」には、

二十日は伴氏の宅に暮らしぬ。其夜一泊。二十一日は伴氏と共に麻郷村にゆき、余は吉見を訪問す

と記しているが、伴武雄の結核は相当進んでいたらしく、翌八月二十二日の「欺かざる

の記」には、

武雄君と語るうち、ふと心に思へらく、われ今、此の病める青年と語れども、此の人は殆ど不治の病魔に其の爪端の一角を打ち込まれたる事ゆえ、何時生別の外の悲惨なる別れを告ぐる事も或は一両年のうちにあるを保せられず。然らば此の語る吾が友は生くと雖もこれ土となる可きもの也。かく感ずる時、友愛生死さまざまの深き魂の激動起りたり

と、伴武雄が一両年中には死ぬかもしれないとの予感を記すのである。この時の独歩は自分の親友が病魔に犯されて死を待つ身であることの悲惨を感じ取ったが、後年自分の身体を伴武雄と同じ病魔に浸食されるとは夢にも思わなかったに違いあるまい。

また、同時に伴武雄が死に直面している様子を目前にして、〔生死さまざまの〕問題を考えようとの姿勢を持とうとしている。これは、後の独歩の文学の基調の一つである、〔驚異心〕の台頭を意味している。つまり、伴武雄と対峙している時に、独歩は自分と伴との間にある、〔死生観〕を考えようとし、伴武雄は少なからず土に帰すであろう、との感慨を抱くに至ったことに源を見出せよう。独歩と伴武雄は同年であるが、一方は死に面

し、一方はそれを見守る、との現実を凝視した独歩が、一年後伴武雄の死を聞き、生死の不思議に胸打たれたのは、友を失った失望観もさることながら、すでに柳井滞在中、伴武雄の姿に死生の不思議を見出していたからにほかなるまい。

さて、九月二日、佐伯の山口行一、富永徳麿から、佐伯を出発した由の電報を受け取った独歩は、翌九月三日、宇品港において両名と落ち合い、九月六日午後東京に到着した。

独歩は上京後、徳富蘇峰の斡旋により、九月十七日から「国民新聞」の業務に就く。東京での独歩たちの生活は苦しく、九月七日に居を定めた麹町三番町九番地の下宿から、九月十一日には南榎町へ、そして九月二十四日には独歩の友人今井忠治の隣家、麹町三番町三六番地へ、さらに十月十日、平河町五丁目一番地へと転々と住居を変わるのである。このような頻繁な転居の理由について、独歩は「欺かざるの記」明治二十七年十月十日で、

経済上の都合なり

と一言記しているのみである。平河町の下宿へと転居した日の「欺かざるの記」(明治二十七年十月十日)には、

山口行一氏都合ありて吾が仲間を去り、食客となる。吾等の貧は次第に貧なり。パンと芋を食ふのみ、肉一片を食はざる也。

との情けない記述があり、山口行一が独歩たちから離別することを記している。山口行一と共に佐伯から上京した尾間明は、日記の明治二十七年十月九日の項[3]に、山口行一が独歩たちから離れる経緯を次のように記している。

本日山口兄は発言しぬ。曰く余は余の職業を得んカ為めに幾多の人に依頼しぬ　故に内閣官報局或は海軍省等に周斡する人ありたり　去れと皆思ふ様に行かすして而して余が所持する金員も多くはあらす　勿論何時帰国するやも知れす　故其旅費をは貯へ置く積りなり　故に秋月新太郎の周旋により同人の新宅なる家に食客然として居る事に決定せり　故に君等に対して申訳なきも是詮方なき都合なれは右之通考へられたし而して余は直ちに明朝移転する事とせん

佐伯の鶴谷学館での独歩の教え子が四名独歩と共に上京し、一カ月の共同生活を送っていたのであったが、山口行一が独歩たちと離れる以前の九月二十九日に、やはり鶴谷学館

での教え子である並河平吉が叔母の家へ引っ越している。並河、山口の引越しの理由は、尾間明日記にも記されているとおり、経済上の都合である。独歩と共に上京した若き生徒たちの夢は無残にも崩れ去ったと言えようか。

このような貧困生活を送っていた独歩は、十月一日、民友社社員、人見市太郎から海軍の通信員として軍艦に乗船して従軍記事を書くことを勧められ、受諾する。後に国民新聞従軍記者・国木田哲夫の名を高らしめた「愛弟通信」は、独歩の貧困生活を脱しようとする欲求が、その契機の一因となっていたのである。

明治二十七年十月十三日夜、東京を出発してから翌二十八年三月までの約半年間の従軍記者生活がこのようにして始まった。

旗艦千代田に乗艦した独歩は、「国民新聞」に従軍記事を送り続けた。その特異な弟に呼び掛ける書き出しで始まる従軍記によって、国民新聞の売上が急速に上昇したと伝えられる。従軍中も独歩は「欺かざるの記」を記し続けている。明治二十七年十二月一日に、

二十八日の夜伴武雄、富永徳麿の両友より書状を得たり。伴氏の書状は幾度か吾をして涙あらしめたり。『此故に僕皮下注射の療法ありながら之れを施すの資なき匪運を悲まず全窓の諸子連りに気焔を吐くも羨まず』云々の句は却て吾をして此の青年の

匪運不幸を泣かしめたり

と、伴武雄の余命幾許もないことを予知する記述を残している。

従軍生活を終え、東京に戻った独歩は、明治二十八年四月二十三日の「欺かざるの記」に、

伴武雄氏より一片のはがき来り氏のほそぼそたる息のねのうちにこもる炎々たる青年の熱情をもらして筆底涙あり。吾をして泣かざるを得ざらしむ

と、伴武雄からの消息を記し、さらに、同二十八年五月二十二日の「欺かざるの記」に、

両三日前伴武雄氏に書状を出したり。見舞状なり。氏は死につゝあり

と、伴武雄が死に直面していることを明らかにしている。すでに一年前の八月に柳井に帰省した折、親しく交友を懐かしんだ時の伴武雄の面影に死を予知していた独歩は、伴武雄の死に直面しても、すでに覚悟ができていたのであろう、淡々と伴武雄の病状の進展を

客観的にとらえている。

二

明治二十八年六月十日の独歩の佐々城家訪問以後、独歩が佐々城家の娘に好意を抱いていたことは「欺かざるの記」からも明らかであるが、それを直ちに独歩と信子との恋愛に結び付けることはできない。独歩は六月十日以後、「欺かざるの記」に次のように佐々城家を訪れたことを記している。六月十九日の項には、

佐々木豊寿氏を訪問す。

とあり、六月二十五日の項には、

午後佐々木豊寿氏を訪問す。晩餐を佐々木氏にて食す。帰宅ハ八時過ぎなり。

とある。六月十九日、二十五日の「欺かざるの記」からは、六月十日の項に記していた(風姿素々可憐の少女)の姿を読み取ることはできない。

独歩が佐々城家を度々訪問したことは、信子と会うことが目的であったのであろうか。独歩と信子が接近した背景には、当初独歩の一方的な働きが強かったのではないか。というのも、独歩の心理的圧迫感、または失望を打破する存在として、信子のイメージを抱き続けたのではないかと考えられるからである。

それは、すでにその死を予知していた伴武雄と、相次いで死亡した山口行一とに起因しているのである。

それでは伴武雄と山口行一の死と、佐々城信子との恋愛がどのようにかかわっているのか、考察を加えたい。

「欺かざるの記」明治二十八年六月二十七日の項には、

神に祈る

天にましします神よ。愛にみち給ふ神よ。吾が心の苦しみを取り去り給へ。凡てを神にまかさしめ給へ。古より今に至り、生より死に至り、凡ての法を治め給ふ神よ。死せる吾友伴氏をめぐみ給へ。幽瞑をたどる彼をあわれみ給へ。吾等生けるものをめぐみ給ふと等しく、死せる吾か友をあわれみ給へ。

と、伴武雄の死を記している。また、同年八月二十五日の「家庭雑誌」に発表した「想出るまゝ」中の『二　死の陰』には、

武雄君は今年六月二十三日午前三時に永眠せり。彼の書状を認めて以来半年にして遂に逝きぬ。

とその死亡月日を記しているのであるが、独歩の記した伴武雄の命日は誤りで、〔六月二十二日〕が正しい。

さて、六月三十日の「欺かざるの記」には、

吾が求むる処の者、何ぞや。吾が信ずる処の者、何ぞや。
吾が為すべき者、何ぞや。
名と利と、之れ吾が求むる処に非ずとせば、
吾が此也に於て求む可くもの何ぞや。

吾は何を得んとてし斯迄でに悶くぞ。
否、否、吾果して名と利との誘惑を感ぜざるか。
吾が求むる処の者、恋か。

とある。この日記の一文は、独歩と信子がいまだ恋愛に至らぬことを証明しているのではないか。

つまり、独歩が六月三十日現在、〔恋に恋する〕想いにかられていることを文字に表したと考えられるのである。〔吾が求むる処の者、恋か〕と記した時の独歩の心に去来したのが、六月九日に会った佐々城信子の姿であろうことが想像できよう。

さて、七月四日の「欺かざるの記」には、

死にし伴武雄の霊の救を得さしめ給へ

と、伴武雄の冥福を祈っているが、七月六日の「欺かざるの記」には、

山口行一氏脚気衝心のため死去したる旨午前九時頃尾間明氏より通知し来りしが故

に直ちに牛込に赴く。茫々乎として夢の心地す

と、山口行一の突然の死亡を記している。翌七月七日には、

山口行一氏の父母の悲を和げ給へ。人間の死を深く思はしめ給へ。此の不思議なる汝の宮を感瞑せしめ給へ。

と記し、翌七月八日は全く記述がなく、七月九日に続き、

七日朝、山口行一氏の葬式に会し、落合村火葬場に至る。

と、七日の出来事を記し、さらに、

○山口行一の死の事を記して家庭雑誌に投ずる事

と、山口行一の死を何らかの文章にして発表しようとしている。続いて七月十日の「欺

かざるの記」に、

神よ、吾に勇猛堅固の気象を以て突進するのインスピレーションを給へ。

午前十一月四十五分の汽車にて行一氏の阿兄骨を携へて帰京(ママ)するを送りぬ。

と記し、続いて七月十一日の「欺かざるの記」に、

吾が友、山口行一は死したり。突然死したり。神よ、死の恐ろしき事実を痛感し得て、永久の命なる套語に真意義あることを教へ給へ。

(略)

行一氏の父母の悲を和げ給へ。
吾がシンセリティを復活発達せしめ給へ。
自由独立の生活を与へ給へ。
人の世界の為に吾が尽す可き事を示し給へ。
祈る可き事を教へ給へ。
心のまゝに祈らしめ給へ。

吾が諸友をめぐみ安らかしめ給へ。
吾が愛恋を清く、深く、永く、強からしめ給へ。彼の少女の愛を吾に与へ給へ。
自殺の迷ひより必ず吾を止め給へ。
失望より必ず吾を救ひ給へ。

と記している。

伴武雄の死は一年前から独歩自身が予知していたものであったが、山口行一の死は全く考えもつかなかったことであった。佐伯の鶴谷学館での独歩の教え子であり、共に佐伯から上京し、短期間であったが共同生活をした仲でもあった山口行一の突然の死は、独歩に強いショックを与えたであろうことが想像できる。そして、山口行一の死に対して、シンセリティの復活を願い、山口行一の死亡に対する責任を取るつもりであったのか、自殺することにも考えを及ぼしていたのであった。独歩の思考がかなり混乱していたことが読み取れるが、独歩は自らの傷心の慰謝をかつて佐々城家で見た少女の面影に求めようとして、〔彼の少女の愛を吾に与へ給へ〕と切望する。この独歩の望みは、六月三十日の「欺かざるの記」で、〔吾が求むる処の者、恋か〕と記した時の対象であった信子の心象をさらに発展させて、はっきりと信子を意識した記述であることが読み取れよう。

しかしながら、独歩と信子がいまだ恋愛に陥っていないこともまた明らかである。友人の死、さらに上京を促し共に東京で生活を送った教え子の死、この相次ぐ死の現実を直視せねばならなかった独歩が、失望にうちひしがれている自分を鼓舞させようとし、希望を求めようとするのもまた、自然の成り行きであったのではあるまいか。失意と得意が青年独歩の心に去来したのである。

七月十三日の「欺かざるの記」には、

昨夜、佐々城豊寿氏を訪ふ。十時まで談話して帰る。帰路、少しく狂気せり。或は狂気に非ざる可し、本気なるべし。然り本気なり。

と、佐々城家を訪ねたことを記しているが、この時の佐々城家訪問の目的が信子の姿を求めるためであったことは間違いなかろう。さらに、同日の「欺かざるの記」には、

人は忽然として死するに非ずや。山口、伴、古川の諸青年は如何。彼は夢の如くに此の世界より失せたり。土となり灰となり、煙となりたり。これ吾が目前に行なわれたる事実なり。

と、伴武雄、山口行一両名の死をやや落ち着いた考えで受け止めようとしている。
そして、三日後の七月十六日の「欺かざるの記」に、

昨夕湖処子君来宅談話。子吾にすゝむるに佐伯滞在中の事を著作に現はす可きを以てす。今朝佐々城家を訪ふ。のぶ子嬢と語る。今夕抱一庵余三郎氏来宅。今夜のぶ嬢に一書を認む。

と、少女の名前つまり信子の名をはじめて「欺かざるの記」に記すのである。この日から独歩の愛の対象となる〔佐々城信子〕の名前が「欺かざるの記」中に繰り返し記されることになるのである。
さらに同七月十六日の「欺かざるの記」に、伴、山口両名の死について次のように記している。

吾か友は忽然として二人、此世より去りたり。吾は平然として何の痛感大悟もなし。吾か情は此恐ろしき大事実に動かず、世間の小事、紛々たる自利の事に忙し。これを

しも吾シンセリティの人と言ふを得べき乎。
吾か切に此の大事実に就いて痛感せん事を欲す。而も痛感する能はざるは奇なる哉。

ここにも独歩の後年の文学上の一支柱となった〔驚異心〕の胎頭を感じられまいか。自らの生活に忙殺されて、伴武雄、山口行一両名の死すら忘れ去ろうとしている独歩自身に対する戒めの言葉と取れようが、伴武雄、山口行一両名の死が独歩をして、〔死〕の事実を痛感したいとの願いを抱くに至らしめたことに相違あるまい。

さて、七月二十日の「欺かざるの記」に、

佐々城信子嬢との交情次第に深からんとするか如し、恋愛なるやも知れず。

と、独歩自らが信子に対して恋愛感情を抱いている、との自覚を表現する。仮定の形で書かれてはいるが、独歩の心がすでに信子に対する恋愛感情で占められていたことが疑いないことを読み取れる。

信子との交情が序々に深くなりつつあると同時に、独歩は伴武雄、山口行一両名の死を客観的に受け止めようとし、七月九日の項に、〔山口行一の事を記して家庭雑誌に投ずる

事」と記したように、七月二十五日の「欺かざるの記」に、

昨日より「死」を作りはじめて已に四十余枚書きぬ（略）
吾此の天地に存す。此れ最初の事実なり。死するとも生くるとも此宇宙の吾は終に宇宙の外に出ずる能はざる可し。不窮の天地。吾茲に生れて存す。武雄氏は消へたり。行一君は消へたり。何処にか行きし。彼等何処にかある。此宇宙に於て彼等如何にせしか。「死」を思へ。「死」を窮めよ、「死」を見よ。之れ「死」の著ある所以なり。愛と死と相関する如何。人は何故に「死」を忘るゝか、「死」を感ぜざる乎。

と、「死」を執筆していることを明らかにする。

これは独歩の内面において、伴・山口の死に対する失望感が、信子との交情が深くなることにより、生きることの充実感へと転換されたところから発想された、と考えてよかろう。

七月二十九日の「欺かざるの記」には、

吾等は遂に秘密の交情を通ずるに至りぬ。之れ全く嬢の母豊寿氏が邪推よりして遂

に嬢と吾れとを驅りて茲に至らしめたる也。吾等は恋愛に陥らざるを得ざるに強られつゝある也。束縛は却て恋愛の助手のみ。一昨夜嬢か送りたる書状は吾をして泣かしめたり。嬢は眠り能はざる程に苦悶しつゝあり。神よ吾等を善しきに導き給へ。清き高き深き強き愛恋に導き給へ。

と、独歩と信子の恋愛は信子の母豊寿の邪推によって、〔秘密の交情を通ずる〕ことになったのだ、と詭弁とも責任転嫁とも取れる記事を記している。さらに、七月二十九日の項に、

信子嬢に向て、公然言ふ可きか。御互は実に恋愛に陥りてある事を。

と記しているが、〔恋愛に陥っている〕と自覚しているのは独歩だけで、ここからは信子の独歩に対する心象は伝わっては来ない。独歩と信子の恋愛の導入部においての主導権は、独歩が一方的にその方向を決定していた、と考えられる。

三

明治二十八年八月一日の「欺かざるの記」に次のように信子との恋愛について記している。

わが生涯は更らに別種の途に踏み入りたり。
われ等は恋愛のうちに陥りぬ。

七月二十九日の項では、〔陥りてあることを〕信子に伝えるべきか否かと記していた独歩が、この日では二人が恋愛にあることを断言し、さらに続けて、

嬢は吾が著作の成功を待ちつゝあり。夜半まで務むる勿れと言へり。必ず病を得る勿れと言へり。されど吾か成功を待てり。

と、信子が独歩の著作の成功を待っているのだ、と記すのである。伴武雄、山口行一の死が独歩に与えた失望感は自殺を考えるまでの傷心となり、独歩の心を揺さぶった。その

ような時に現れた信子の存在に独歩は生きる希望を見出し、一気に恋愛を求めたことは想像に難くない。その愛する人が独歩の著作の成功を待望している、との思い入れにより、独歩の想像意欲が駆り立てられたことが想像できる。八月二日の項には、

午後三時まで「死」を作る。（略）
古人の一詩を得て編集者の机上に置き帰りぬ。

と、七月二十四日から書き始めた「死」の執筆に精を出していたことを記し、「古人」なる詩を書いて編集者の机上に置いて帰って来たと記している。
この「古人」とは、明治二十八年八月八日の「国民新聞」（二六七〇号）に発表された詩のことである。
「古人」は、以下のとおりである。

わが室荒野の内に在り。
さよ更けて、
燈火かすかにたゞ独り

瞑目して古今を思へば
恍としてわれ又古人の如し。
嗚呼古人何処にある。
窓を打つ雨の淋しき音、
これ自然の声に非ずや。
軒を亙る彼の風の音
これ宇宙の声なるかも。
嗚呼古人何処にかある
計らず楣間を仰げば
われを見下ろすもの
テニソンありカライルあり。
吾をして思ず君等と叫ばしむ。
バイブルをとりて読めば、
基督イエス声、生けるが如し。
之れ自然の声に非ず也。
之れ不朽の声に非ず也。

嗚呼古人、古人、吾も逝かん。
吾亦た遂にゆきて、
永久に、君等と共に存らん。
吾今ま(ママ)生く、君等また生く。
君等の窮若し無死なりせば、
よし吾をして亦た君等と共に、
死の無窮の国にゆかしめよ。

「古人」は八月二日に執筆されたものであるが、八月六日の「欺かざるの記」に、

眼をあげて見る。カライル、テニソンの肖像、アヽ彼等も已に死してある也。死国の民に非ざる乎。かの麦藁帽。之れ山口行一のかたみなり。彼れ今何処にある。死の国には友多し。友多し。友多し。行一も在り。武雄もあり。

と、「古人」の内容と重複する記事が記されている。これは、すでに「古人」において、伴武雄、山口行一の死を筆に載せた独歩が、その感興の余波として八月六日の「欺かざる

の記」に同様の感情を記したものと考えてよかろう。
八月六日の項には、

弱きことを言ふな。まけるな。立て。戦へ。為せ。打て。殺せ。突け。けれ。何者か汝をさまたぐる者ぞ。打て、殺せ、けれ、突け。

との非常に激しい感情の表出を記している。この文は、独歩自身の自殺の迷いを絶ち切るための自省の文と考えてよいだろう。この自省の感情をそのまま詩作品としたものが、「友に与ふ」（明治二十八年八月三十一日『国民新聞』一六九〇号）なのである。

世の波高し。　君はいかに。
打て、突け、殺せ。　あだしあらば、
つるぎ引きぬけ！　何にものかわ。
あゝ友よ友よ、　勇みすゝめ！

独歩の詩のほとんどが信子との恋愛を契機として創作され、発表された。中でも「古人」は、信子との恋愛過程で最初に執筆され公表された作品であった。

「古人」執筆の直接の動機は、独歩の奮起を促す信子の一言であった。それは、伴武雄・山口行一の相次ぐ死による失意の状態にあった独歩が、信子との恋愛の成就に慰謝を求めようとしたことと、独歩の心象としての信子の存在感を強く意識したことで、独歩の創作意欲が刺激され、失望よりも愛への希求が勝ったことで執筆されたのであった。

〈注〉

（1）『学習研究社版　国木田独歩全集』以下『全集』と称す。第七巻「欺かざるの記」明治二十八年六月十日。

（2）自由社入社は明治二十六年二月二十六日、しかし、四月十四日経営困難を理由に解雇される。

（3）『全集』第十巻　四八〇頁～四九九頁。

四　エマーソン受容

――『星』における〔詩人と自由〕の問題――

はじめに

国木田独歩は明治時代の作家たちと同様、外国作家、哲学者から影響を受けた。中でも、ワーズワースについては、多くの独歩研究家諸氏がその影響関係を論じており、また、カーライルからの影響についても、すでに多くの論及がなされているところである。

わが国に最初にエマーソンを紹介したのは北村透谷の「エマルソン」である。透谷はその「小序」中で、エマルソンは凡て彼を崇拝する者のエマルソンなり。余は其中の一人なるのみ。

と記しているのである。また、岩野泡鳴は「神秘的半獣主義」中で、

今日の考へは、その当時から見れば、変遷して居るにせよ、エメルソンから刺激を受けて進歩して来たのである。エメルソンは僕の恩人である。

と論じ、戸川秋骨は「エマーソン論文集」中で、

エマーソンの教に至りては、よく余が思ふ処を語り、余が欲する処を与ふ。恰も余が心意のその教に同化せらるるが如き感あり。

と、それぞれエマーソンに啓発、感化されたことを記しているのである。

独歩もまたエマーソンに共鳴した一人であった。

独歩がエマーソン論文集を入手したのは、明治二十四年四月で、「明治二十四年日記」(学習研究社版全集=以下全集と称す。第五巻収録)四月一日の項に、

中西屋にてエメルソンのエッセイ求め帰る。

とあり、同年七月二十一日の項に、

エメルソン論文集中詩人てふ文を読み始む。

と記しているのである。

さて、独歩が入手したエマーソン論文集とは如何なるものであったのか。今、手元に一八九〇年版の Works of Ralph Waldo Emerson なる論文集がある。この本はエマーソンの死の八年後にロンドンで出版されたものであり、エマーソンのエッセイ First Series と Second Series さらに Representative Men, Nature, The American Scholar 等が収録されており、縮刷版全集の如き内容のものである。体裁は縦二十一糎、横十四糎、目次二頁、本文左右二段組み、六百三十四頁である。

独歩が「エマーソン論文集」の原文を、「欺かざるの記」に引用していることは多いが、中でも、明治二十六年七月八日の「欺かざるの記」で次のように「エマーソン論文集」から引用した後、その出典原頁数を記しているのである。

エマルスンの左の語は吾が近来の感情を説明する也

Here we find ourselves, suddenly not in a critical speculation, but in a holy place, and should go very warily and reverently.（文集八十四丁）

『文集八十四丁』とは、『論文集八十四頁』と同義である。一八九〇年版 Works of Ralph Waldo Emerson の〔八十四頁〕右側下段に独歩が引用したと同じ文を認めることができる。ここに、独歩が入手した「エマーソン論文集」は、一八九〇年版 Works of Ralph Waldo Emerson であると断言できるのである。

なお、独歩が引用した「エマーソン論文集」中の〔八十四頁〕には、Essays-Second Series の "The Poet"「詩人論」が記されている。

さて、独歩の詩に「山林に自由存す」がある。

この詩ははじめ、「自由の郷」と題して明治三十年二月二十日発行の『国民之友』に発表した「独歩吟」と題する一連の詩の中の一つであった。その後、明治三十年四月二十九日発行の『抒情詩』中に「独歩吟」を収録するにあたり、「自由の郷」の題名を「山林に自由存す」と改めたものなのである。

本稿では、独歩が「エマーソン論文集」から受けた影響について考察し、「星」の主人公である〔詩人〕が希求する〔自由〕にエマーソンがどのようにかかわっているのかについて考察したい。

一

独歩が「欺かざるの記」でエマーソンに言及する最初のものは、明治二十六年二月十六日の、

エマーソン曰く、渠は渠自らの理想には、不注意無頓着なり、何となれば渠れの思想なればなりと。

である。これはエマーソンの"Essays, First Series" 中の"Self-Reliance" 中の次の文を訳したものである。

Yet he dismisses without notice his thought because it is his.

二日後の二月十八日の「欺かざるの記」にエマーソンの"Self-Reliance"の冒頭に記されている詩（エマーソンの作ではなく、ボーモントとフレッチァーの共作）を引用し、次のように記すのである。

エメルソン其自信論の初めに一詩を引く、左の如し。

Man is his own star; and soul that can
Render an honest and a perfect man,
Commands all light all influence, all fate,
Nothing to him falls early or too late.

吾の自信は将に此の如くならざる可からず、故に若し、向後吾に怠惰の行あり、吾に寛容の徳乏しく、吾に克己の念薄く、吾に冷静の意志なく、事業に当り、目的に当り、事務に当りて励行邁往の英気を欠かば、之れ吾自ら吾の理想、信仰をなみしたるなり。（傍点筆者）

さて、独歩はエマーソンの"Self-Reliance"を「自信論」と訳した。そして、昭和四十七年九月十六日発行の、酒本雅之訳・岩波文庫『エマルソン論文集　上巻』で、酒本氏は「自己信頼」と訳しているが、ここでは独歩が「自信論」と訳しているのに従うこととする。

独歩が引用したエマーソンの「自信論」は、エマーソンの代表作であり、エマーソンの思想を支えた基本理念である。

自分にとって真実であることは、万人にとっても真実である。

との考えを一貫して説き、自分自身に忠実であれ、と説いたものである。

独歩は、エマーソンの「自信論」中の詩句を「欺かざるの記」に度々引用している。明治二十六年三月二十一日の項に、

昨夜吾は左の章句を幾枚か紙に大書して吾の眉端、右壁にはり下げ以て思想感情の光となしたり。

其一に曰く、汝自身の思想を信ずる事、汝の内心に於て、之れ吾に真理なりと思ふ者

は、凡て人にも真理なりと信ずる事――是れぞジオニス也。

エメルソン自信論より。

（略）

其一に曰く………之れ二月十八日の自誡中に掲げたる、エメルソン「自信論」の編首に出でたる詩なり。

と「自信論」から二つの引用を、教訓として掲げた七個の中に記しているのである。前の文中の最初のものは、「自信論」中の次の原文を独歩が訳したものである。

To believe your won thought, to believe that what is ture for you in your priuate heart is true for all men, -that is genius.

なお、明治二十九年一月八日の「欺かざるの記」に、次のように記されている。

爾自身の思想を信ずること、爾の中心に於いて真理と思ふことは凡ての人にも真理なることなりと信ずること、これ即ち天才なり。

明治二十六年三月二十一日の「欺かざるの記」に記されたエマーソン「自信論」中の文が、明治二十九年一月八日にも記されていることは、独歩がエマーソンの「自信論」中の一文に強くひかれていたと考えられることであり、

二月十八日の自誡中に掲げたる、エメルソン「自信論」の編首に出でたる詩なり

とは、原詩は引用されていないが、"Man is his own star" に始まる詩を示していることは明らかなのである。

「欺かざるの記」明治二十六年十二月十四日の項に、

爾何故に失望するか、失望する勿れ、爾は一個の独立の星に非ずや

と記し、同二十六年十二月二十二日の項には、

曰く余は一個の星なり、余は天来の独立のソールの上に立つ一個独立の星なり然らば

則ち余が詩人として又た文学者としての職分は此独立のソールが知り能ふ丈け、観得る丈け、感じ得る丈けをありのまゝに筆にのばすにあるのみ

只だ之れのみ其さきを問はざるなり何となれば余にして独立のソールならば、其の観たる処、感じたる処、知りたる処は自から神の黙示なればなり。自からの他の人に何等かの教を垂るゝを得べければなり。然り余は独立にして自由なる一個のソールなり、将に自由に観、自由に感じ自由に之を現はす可し、余は感じ得る人間天稟の心を有す、余は知り得る独立のソールを有す然らば其他は問はずして可なり余は自からを信ず、之れ神を信ずる所以なり人類を信ずる所以なり、人性人情を信ずる所以なり

と記しているのである。また、同年十二月三十一日の「欺かざるの記」を、独歩は次のように結ぶのである。

人間は自由のソールの所有者なり、否ソール其者なり。これを思へば吾も亦た甚だ自由を感ず。何の憚りのある者ぞ。

益田道三氏は、「国木田独歩——比較文学的研究」(昭和二十三年九月二十日 堀書店)中

の「独歩とエマーソン」の章で、次のように指摘されている。

『欺かざるの記』中に出る〔独立のソール〕という言葉は皆「彼自らの星」なる語から出た観念である如くに解せられる

益田氏の指摘にあるように、独歩がエマーソンの「彼自身の星」「一個独立の星」なる意識を強く持っていたことは事実で、後年(明治二十九年十二月二十六日発行『国民之友』三二八号発表)の「星」において、自由の化身としての〔詩人〕を描こうとしていることにも結実するのである。

明治二十六年、独歩は詩人を自分の天職として決心した。この年、独歩はエマーソンの「自信論」だけではなく、「詩人論」「オーバー・ソール」等の論文を読み、独歩の考えとの一致を見出した。そこに独歩の詩人としての精神の形成されてゆく道程を見ることができるのである。

〔独立自立の星〕から〔自由〕へと発展した、独歩自身の決意の根底にあるのは、エマーソンの『人間は彼自身の星』であるとする思想と、ほとんど同じであることは明らかであろう。そして、エマーソンの「自信論」冒頭に掲げられた詩からの影響と、さらに同じくエマーソンの「詩人論」からも、〔詩人と自由〕についての思考上の啓発を受けていたと考えられるのである。

二

次にエマーソンの「詩人論」と、独歩の思考上の関連について考えてみたい。

明治二十六年七月二五日付、大久保余所五郎宛書簡に、

エマルソン曰く詩人は自由なり故に自由を造ると真なる哉千百啻ならざる人生の牢獄の裡に在りて天空唯一の自由を感得する者は幸哉(傍点筆者)

と、エマーソンの「詩人論」中の一文を引用している。この大久保余所五郎宛書簡の内容とほとんど一致する〔詩人は自由を造る〕の句を、明治二十六年七月二十八日の「欺かざるの記」の項にも、次のように記しているのである。

宗教は則ち人を救ふ所以なり詩人は則ちエマルソンが自由の製造者と名くる所以なり

さらに、五日後の、八月二日の「欺かざるの記」には、

『詩人は自由なり、故に自由を造る』とのエマルソンの言、之を味へば味ふ程、自らの経験すれば経験する程、真理なるを覚ゆ

と記し、同日の項の後半では、

余は自分の天職が詩人なることを疑はず神は必ず之を命じ給ふ（略）ア丶余は詩人たらざるを得ざる也。余が大なる人にせよ、小なる人にせよ、余が天職は詩人たる可し。

と、独歩の天職が〔詩人〕であるとの決意を表明しているが、これから後、独歩にとって、この〔詩人と自由〕とが内面において重要な煩悶となることに、この時点の独歩は気がついていない。

独歩はこれよりも前に、明治二十六年三月二十一日の「欺かざるの記」に、

昨日吾に取りて、極めて主要の夜なりけり。
昨夜吾は断然文学を以て世に立たんことを決心せり（傍点筆者）

と、文学（詩人ではない）で身を立てようとの決意を記してはいるが、まだ具体的方向は決定しているわけではなかった。（三月二十一日はエマーソンの「自信論」の一文を自戒として貼り出した日でもある。）

三月二十一日は、独歩が〔文学〕を意識した重要な日であるが、それから約五カ月後の八月二日の「欺かざるの記」に記した、自らの天職を〔詩人〕として意識した独歩の内面過程に、エマーソンの「詩人論」中の、

詩人は自由なり、故に自由を造る

なる一文からの多大なる影響のあったことを認めなければならないことは明白であろう。同時に、同じくエマーソンの「自信論」冒頭の詩から、〔独立自立の星〕なる意識も啓発されたことも忘れてはならないことなのである。

この時から、独歩の心の中に、〔詩人〕が〔自由の製造者〕として輝く〔星〕となって燦然と輝き始めたのである。しかし、独歩の内部に輝く星が、その本当の輝きを外へ投ずるようになるには、信子との離婚という過酷な痛手を必要とするのである。

以上を振り返ってみると、独歩の抱いていた〔自由〕は〔詩人〕が作り出すもの、との意識であることが明らかになったのである。

三

独歩は明治二十六年九月から翌年六月まで、九州大分県佐伯町の鶴谷学館の教師として赴任し、以後約一年間、佐伯で自然の中での生活を体験した。佐伯滞在中は独歩の内面世界の充実がはかられたが、佐伯から再び東京に戻った独歩は、自然の中の自由の生活に憧れる想いの強いことを、「欺かざるの記」、あるいは友人宛の書簡中に多く書き残している。つまり、自然の懐に抱かれて自由に生活できた佐伯に比べると、東京での生活には、生きるためには自由を味わう暇がなかった。現実の厳しさを身をもって体験しなければならなかったのである。

佐伯から上京後間もない、明治二十七年九月十日付、中桐確太郎宛書簡に、

自然の山河の美、草木の美は余より遠かりたるが如し。都会は山林の生活を恋せしむ

と書き送り、同二十七年九月二十七日付、大久保余所五郎宛書簡にも、

夕に大静寂、自然的自由を恋ひこがれ朝に大活動、歴史的事業を欲すれば也山林に自由存し都会に事業あり。されど僕は此両方を得るの方法を発見し居るが故にうれし
（傍点筆者）

と書き送るが、この大久保余所五郎に宛てた書簡中の、

両方を得るの方法を発見し居るが故にうれし

とある〔方法〕とは、何を意味しているのであろうか。これは、大久保宛書簡から明らかのように、〔山林の自由〕と〔都会の事業〕の両方を同時に手に入れることを意味している。つまり、〔山林の自由〕とは〔理想の世界〕であり、〔都会の事業〕とは〔現実の

世界」であることは明白である。

この大久保余所五郎宛書簡の次の日の、九月二十八日の「欺かざるの記」の項に、

自由! 自由! 吾は自由を欲す。
オヽ天の自由よ、吾は在れ。
吾は天の自由を希ふ。
アルプス高峰の雪の姿。
崑崙山頂の猛鷲の翼。
嗚呼吾は之を希ふ。
秋風そよ〳〵女郎花。
あたりに人の影もなし。
ちよ〳〵と囀る森の鳥。
あたりに騒ぐ声もなし。
嗚呼自然! 自然の自由は吾が望みなり。

の詩だけを記し、翌九月二十七日の大久保余所五郎宛書簡に記されていた〔此両方を得

るの方法〕とは、翌九月二十八日にあるように、独歩自らが、九月二十八日の〔詩〕を『自由の歌』と名付けていることから明らかなとおり、独歩が自然の中に自由を求めようとする願いを記したもので、〔詩〕の中で〔自由〕を歌うことが、独歩が大久保に宛てた書簡で言う、〔両方を得るの方法〕であったのである。

四

心、みやこを逃れ出で
夕日ざわつく林の中を
語る友なく独りでゆきぬ。
夏たけ秋は来りぬと
梢に蟬が歌ひける。
林を出でゝ右に折れ、
小高き丘に、登り来れば
見渡す限り、目もはるかなる、
武蔵の野辺に秩父山、

吾を来れと招きける、
吾を来れと招きける。

以上の詩は、明治二十八年八月三十一日の「国民新聞」第一六九〇号に発表した三篇の詩の中の一つである。この詩を発表した時、独歩は佐々城信子との恋愛の開始直後で、理想の夢に燃える反面、信子の母豊寿の反対に合い二人の恋愛が思いどおり運ばぬ、現実の厳しさに打ちひしがれる煩悶を「欺かざるの記」に連日の如く記しているのである。

この詩の最後の二行の、

『吾を来れと招きける』

のリフレインは、かつて独歩が自由を見出した自然、つまり現実社会の彼方に横たわる理想の世界が独歩を招くことの強調であり、信子との恋愛が進行していた時に、自由を求めたい願望の表現であったのである。

この詩は、すでに触れた明治二十七年九月二十八日の「欺かざるの記」に記した、「自由の歌」の発展したものであることは、二つを比較してみればすでに明らかで、「自由の歌」が抽象的に〔自由〕を求めようとしているのに対して、「心、みやこをのがれ出で」と書き出すこの詩は、〔自由〕なる言葉を詩中に使用してはいないが、現実生活とはうらはらに、詩の中で自由でありたい希求を表現しているのである。

つまり、信子との恋愛によって現実の厳しさを体験した独歩が、〔自由〕をより発展、具体化させて、「心、みやこをのがれ出で」と歌うことになったと考えられるのである。

明治二十九年四月、信子は独歩のもとより失踪し、前年十一月十一日の結婚式からわずか半年後の四月二十四日に離婚したのであった。

独歩は信子との離婚後、明治二十九年八月、京都の内村鑑三に渡米に関する助言を求めるため西下した。京都滞在中、独歩の自然の見方に変化があった、と指摘するのが佐古純一郎氏で、

自然詩人国木田独歩は、此のようにして西京の自然美のうちに抱かれて誕生したのであった

と、独歩の詩人としての出発点を京都滞在中に契機があるとしているが、独歩が京都で接した自然の中に見出した『美は自由なり』の考えは、それまで独歩の抱いていた〔自

由」が、信子との離婚と京都の自然を媒体として、新しい角度から見つめることができたことによる発展であったと考えるほうが自然であろう。

五

独歩は明治二十九年九月から翌三十年三月まで、渋谷の山荘に弟収二とともに滞在した。渋谷滞在中の明治二十九年十一月に「たき火」を、十二月に「星」をそれぞれ「国民之友」に発表する。

「星」に関する評価として、全集第二巻の解題で瀬沼茂樹氏が、

この作品もまたメルヒェンふうなものであり、『たき火』と同じく小品と見るべきである

と指摘している程度である。

しかし、「星」を「メルヒェンふうの小品」とだけで片づけてしまう訳にはいかぬ問題が内在していることは、今まで論じてきたことからも明らかである。

「星」を執筆することにより、「山林に自由存す」の原形である「自由の郷」の腹案が完成されたと考えられるのである。

「星」の主人公は、

　都に程近き田舎に年若き詩人住みけり

と冒頭に記されているとおり、〔年若き詩人〕である。この詩人には独歩自身の投影があると考えてよかろう。

主人公の住む茅屋の庭に置いた落ち葉の山に火をつけてたき火としたところ、天にいた男星と女星がたき火で暖を取りながら逢瀬を重ね、庭のたき火が残り一つになった晩に、男星と女星は詩人の夢の中に現れて、詩人の手を取って丘の上へと誘い、『君は恋を望み玉ふか、はた自由を願ひ玉ふか」と問うと、詩人は『自由の血は恋、恋の翼は自由なれば、われ其一を欠くを願はず』と答える。そして、詩人は「わが心高原にあり」を絶唱する。そして、その若き詩人の姿は『さながら自由の化身とも見え』たのであった。

独歩は「星」において、かねてから抱いていた〔詩人論〕を作品中において実践しようと試みたと考えられる。

独歩の抱いていた〔詩人論〕とは、すでに触れたとおり、エマーソンの「詩人論」中の一文、『詩人は自由なり、故に自由を造る』から啓発されたものであり、同時に、エマーソンの「自信論」冒頭の詩、『人は、彼自身の星』からの影響にもよるものであると考えられるのである。

独歩は信子との離婚による傷心を癒すために、「星」において、現実体験とは逆の、自分の理想とする恋物語と詩人像を描くことで慰謝を求めようとしたと考えられる。そして、「星」を執筆したことにより、独歩の求め続けていた〔詩人と自由〕とが結合したのであった。年若き詩人の女星に対する答えは、信子に去られた独歩の偽りのない心情吐露であったであろうし、〔自由の化身〕である詩人の希求は、現実のあらゆる桎梏からの解放にあったのである。

つまり、「星」において独歩の理想とする詩人の姿を描いたことで、より明確に〔詩人と自由〕の結合を認識したのである。

六

独歩は「星」において〔詩人と自由〕を結合することに成功した。それまでの独歩の内面世界の煩悶であった〔詩人〕として何を求めるべきであるか、との問に独歩自身が出した答えが〔自由とは精神の解放〕であった。

つまり、「星」を執筆したことで、独歩は詩人として何を求めるべきであるのか、その目標を明確に把握し得たと考えてよかろう。それは信子との恋愛以前から心に抱いていた、〔自由への希求〕と、〔詩人こそ自分の天職である〕との願望が信子との離婚により、結合し新たな覚醒として認識されたことによるものなのである。

独歩が真に求めるものは自由であり、自由を表現できるのが詩人である、との考えがここに導かれたのである。

「山林に自由存す」は、エマーソンの「詩人論」中の、〔詩人は自由なり、故に自由を造る〕からの啓発による〔詩人と自由〕の結合、そこから詩人としての自覚が生まれ、大久保余所五郎宛書簡、中桐確太郎宛書簡に記した、理想と現実の両方を満足させる方法、つまり〔自由でありたい気持ち〕を〔詩〕に表現することを発見した。

そして、信子との恋愛の最中の現実と理想の葛藤に発想を得た「心、みやこをのがれ出で」を執筆した。さらに、年若き詩人に自らを投影させた「星」において、男星と女星の恋を成就させ、年若き詩人に〔自由〕を絶唱させることによって、〔詩人と自由〕の結合に成功した。独歩の抱き続けた、『自由でありたい願い』と、その『自由を表現できるのが詩人である』との思いを持って記したものが、「自由の郷」へ導かれていることは明らかなのである。

それが「山林に自由存す」となり、独歩の代表作となっていることは周知のことなのである。

五　独歩覚書

――「愛弟通信」をめぐって――

一

国木田独歩は、明治二十六年九月から翌二十七年八月までの、大分県佐伯の鶴谷学館の教員生活を終え、山口県柳井の両親のもとへ一時寄宿後、二十七年九月、教え子である富永徳麿、山口行一、独歩の弟収二と共に上京、九月六日新橋に着いた。

独歩は上京後、就職するあては全くなかった。九月八日の「欺かざるの記」に、

今朝只今徳富猪一郎氏を訪問したれども不在なりし故帰宅して直ちに此の筆を採る

と記し、九月十日の項にも、

昨夜亦徳富氏を訪ひたるに不在。

と、二日続けて徳富蘇峰を訪ねていることを記しているが、蘇峰訪問の理由は、就職の斡旋依頼であった。

上京後の独歩たちの生活は困窮を極め、九月十二日の項に、

吾等六人[1]は昨日を以て茲則ち牛込南榎町に転居したり。パンを以て自炊の生活を始めたり

と記しているのである。また、同日の項に、

徳富氏より電報来り、六時社にてまつと申し来りしかば直に車を飛ばして到れば徳富氏未だあらず、漸くして来る。曰く直にこれより社員一同と共に馳走すべしとて某

西洋料理屋に導かれる。

満室社員なり。

今夜の光景及び吾が感想は、明日の記に書くべし。徳富氏と相談の上、兎も角も民友社に出席して手伝ふ事に致しぬ(傍点筆者)

と、徳富蘇峰に民友社社員一同の会食の席に連れて行かれたところで、独歩の民友社入社が決定したことを記しているのである。

この夜の民友社社員の会食は、日清戦争従軍記者の歓送会であった。独歩は翌九月十三日の「欺かざるの記」に、前夜の歓送会の〈光景と感想〉を、次のように記すのである。

吾は昨夜新聞記者たちの意気軒昂の情況を見たり。彼等は脇目にも活世界に躍りつゝありが如く見ゆ。彼等は全世界の歴史が日清戦争に関するものありとして論じ、全力をこめてはたらく可しと誓へり。

活気、殺気、和気、室内に満ちぬ。

徳富氏は立ちて演説したり。

吾が血は燃え立ちぬ。活世界! 活世界! 大丈夫将に大に手腕を振ふの天地!

当時当代、今茲ぞと思ひぬ。かく思ふ時に、上帝の真理と、人生の意義と、活世界の活動とが互に相和せられたる如くに感じぬ。火の如き感情は泉の如く、吾が心に流れ込みぬ。（傍点筆者）

これから戦場に臨もうとしている従軍記者たちの意気込みと、臨戦状態に置かれて死と隣り合わせるかもしれぬ恐れ、そして興奮。独歩をして、〈活気、殺気、和気〉と書かしめたのはこのような雰囲気だったからであろう。そしてまた、従軍記者たちに向かって鼓舞するが如き蘇峰の演説を聞いた独歩が、〈吾が血は燃え立ちぬ〉と感じたことも、まさにその場の活気に巻き込まれた証拠にほかなるまい。恐らく会場全体が異常な昂りを見せていたと想像できる。蘇峰もまた、国民新聞社の社運を賭して従軍記者を派遣しようとしていたのである。

さて、この夜の歓送会についての独歩の感想を続けて、九月十三日の「欺かざるの記」に次のように記している。

ガス燈の光は燐として室内昼の如し。吾が前面に倚るものは人見市太郎氏。山路愛山氏。中村修一氏等なり。

吾が左に山川氏を隔て、直ちに徳富氏あり。徳富氏の左に金子斬馬氏あり、其左に竹越興三郎氏あり。

竹越氏に対して久保田金僊氏あり。社員はのこらず集められ、其数は恐らく三四十人はありしならむ。

談笑の際階を昇りて入り来るものあり。拍手をもって、人々之を迎へぬ。顧みれば、これ深井英吾《ママ》なり。面目秀麗に黒の質素なる洋服をまとひぬ。

是れ実に年少気鋭前途有望の好青年。

彼は今夜送別せらるゝものゝ一人なり。彼は聖輦に先だちて西、広島を指して発途し、道々の光景を報ぜんとするもの、今夜九時五十分の汽車に乗り込まんとす。吾は彼を羨ましく思ひぬ。彼は中村修一氏の右に座を占めたるが故に余と斜めに相対せり。余は彼を熟視したり。(傍点筆者)

〈吾は彼を羨ましく思ひぬ〉深井英五に対する独歩の感想である。何故に独歩は〈羨ましく思〉ったのであろうか。従軍に先立って、大本営の置かれる広島までの道々の光景を国民新聞に報道するため、九時五十分の汽車で出発するところであると記している。そして、国民新聞社記者が従軍するのは、明治二十七年九月の時点で、徳富蘇峰をはじめとして総勢十一名であった。(2) その記者の中で、独歩が特に強い関心を示したのは深井英五で、その姿態を同日の「欺かざるの記」で、

　彼はそは〳〵として足をふり体を動かしなどして其のとがりたる鼻とキョロ〳〵したる眼とを敏捷に回転しつゝ居たり

と描写しているほどである。国民新聞社従軍記者の中で、仲間から特別視されている深井英五が、独歩にはまぶしく見えたのであろうか。

九州佐伯の鶴谷学館での田舎の生活、純朴なる自然の中に理想の人間像を見つけようとして煩悶した一年間の生活を経た独歩の目前で、今繰り広げられているのは、生まれてはじめて体験する大宴会で、それは独歩にとっては〈別世界〉であったに違いあるまい。その中でも一際厚いもてなしを受けている深井英五。独歩自身が置かれている現状と比較すると、なんと独歩が小さく、醜く見えたことであろう。ようやく蘇峰の手をわずらわせて民友社に職を得た独歩。

〈パンと芋〉だけの生活をかろうじて続ける独歩。その自分と比べると、これから「国民新聞」に記事を送る従軍記者たちの勇姿に、独歩が熱い羨望の眼差しを遠くから送り続

けたことが推察される。

〈吾は彼を羨ましく思ひぬ〉とは、独歩の置かれた状況と、これから従軍に勇んで出発していく記者たちとの比較の間から発した独歩の本音であったと言える。

この時に感じた従軍記者への独歩の羨望は、恐らく後々まで消えることはなかったに違いあるまい。

二

とりあえず民友社に職を得た独歩は、九月十六日の「欺かざるの記」に、

昨日の午後民友社に至り人見一太郎氏と相談の上、愈々明日則ち月曜日より出勤することとなりぬ

と、民友社出社が決定したことを記し、続けて、

明日より愈々民友社に出席して活動世界に入り布衣の宰相を以て任じて以て「政

治」を知らんと欲す

と、初心から政治を学ぼうとの決意を記している。しかしながら、理想と現実の板ばさみになっていたことも同日の項に続けて、

吾は詩人たる可きか実際家たる可きか。民友社にありても吾は真面目につとめん。吾は到底詩人たるの外能はず。つら〳〵思ふに吾は新世界の予言者たるべき任を有す
(傍点筆者)

と、〈詩人〉と〈実際家〉つまり〈理想と現実〉の葛藤の中で、やはり〈詩人〉は自分の天職との意識を確認している。

翌九月十七日の「欺かざるの記」に、

本日始めて国民新聞社に出勤す。
本日、平壌陥りたる報に接す。

と、国民新聞者に出社したことを記し、さらに、

吾既に新聞社に入る。つゝしみて其職に当るのみ。
已に新聞記者の仲間入りす。将に理想的新聞記者たるべし（傍点筆者）

と、〈実際家〉としての記者の職を全うしようとしている。そして、翌九月十八日には、

本日午前九時半を以て家を出で民友社に出席す。
多少の文を草して帰宅す。（傍点筆者）

と、雑文を書いたことを記しているが、内容は明らかではない。一日おいた九月二十日（学習研究社版全集＝以下全集と称す。第七巻本文、明治二十七年九月二十日の月日は、『九月三十《ママ》日』とある前夜の日付から推して『九月二十日』が正しい）の項には、

今朝少士官の一文を草して国民新聞に載す

と、前々日の雑文とは異なり、「少士官」なる文を執筆したことを記しているのである。
「少士官」とは、明治二十七年九月二十一日の「国民新聞」第一四〇八号に〈国木田生〉の署名で発表した「年少士官」である。

平岡敏夫氏は「国木田独歩」[3]の中で、独歩の「年少士官」について論じられた後で、

この翌日、くしくも従軍記者の話がくるのだが（『愛弟通信』および恋愛九四ぺ）

と、「年少士官」の執筆月日を、独歩が人見市太郎から従軍の勧めを受けた十月一日の前日とされているが、前述のとおり、「年少士官」執筆は、「国民新聞」発表時と合わせて考えても∧九月二十日∨であり、〈九月三十日〉ではない。全集の〈明治二十七年九月三十日〉の日付を、〈従軍の勧誘〉を受けた、十月一日の前日と錯覚されたものであろう。〈三十日〉の前は〈十九日〉、後は〈二十一日〉と記されているので、「年少士官」は独歩が従軍勧誘を受けるよりも〈十日以前〉の〈九月二十日〉の執筆なのである。

「年少士官」について、全集第五巻解題で福田清人氏は、

「年少士官」は、単行本「愛弟通信」では「海軍従軍記」につゞいて収録されてゐるが、従軍記者として派遣される以前に「国民新聞」に発表されており、「愛弟通信」本篇末尾に収録した。

と、「愛弟通信」(4) とのかかわりを指摘されている。

さて、独歩の「年少士官」執筆であるが、九月十七日に国民新聞社出勤、十八日に〈多少の文を草し〉て、二十日に「年少士官」発表となる。つまり、国民新聞社入社後四日目に執筆発表したものであり、唐突の感を否めない。

独歩は「年少士官」を、

世にも哀れなるは年少士官の戦死及び負傷にぞある

と書き出す。そして、

人は思ふ。少将大佐の命こそ惜けれ、少尉中尉の戦死は左程にもあらずと。吾に在りては然らず、甚だ然らず。同じく捨つる命！　されど彼等年少士官は同時に前途の

希望を捨つるなり、本来の夢を殺す也

と、〈少将大佐の命〉が大切で、〈少尉中尉の戦死〉は大したことはない、とする風潮を批判し、〈年少士官〉こそ前途の希望であり、未来の夢であるとしている。さらに続けて、

吾等国民をして願はくは彼等の熱血を重ぜしめよ。吾が政治家をして願はくは彼等の心血を記憶せしめよ。

と、年少士官の熱血を重んずべきであることを強調している。そして、国民新聞の、将校負傷者の欄に、独歩の中学時代の同級生の名前を見出し、「年少士官」を執筆したのだと、次のように結ぶのである。

遙かに友に向て叫ぶ。万歳！　君は義務のために戦ひ、義務のために傷きぬ。吾れ今筆を採て天下に立つ竊かに勇姿戦場に赴くの覚悟を期す、君が一滴の血、必ず値ひあらしむべし。言論若し力あらば、嗚呼言論若し世を動かすを得ば（傍点筆者）

「年少士官」での独歩の主張は、この文末に表されている。〈戦場に赴く覚悟がある〉、そして、言論で世間を動かすことができるならば、年少士官の命こそ大切なものだということを認識させる、としている点に注意しなければならない。

この「年少士官」での独歩の主張が、後の従軍記者としての報告の中に盛り込まれていることになるのである。

九月十七日に国民新聞社初出勤当日の「欺かざるの記」に記した、

将に理想的新聞記者たるべし

の一文は、新聞記者としての自戒であったと考えられるし、それよりも前、蘇峰に連れて行かれた国民新聞社従軍記者の歓送会の席上で、深井英五らの従軍記者たちの勇姿を見ていた独歩が、〈理想の新聞記者たるべし〉と記す決意の根底に、〈従軍記者〉を意識していたと考えられる。

そのような意識下で、入社四日目に記した「年少士官」に、独歩の従軍の決意を読み取ることは不自然ではあるまい。

かつて明治二十四年五月に東京専門学校を退学した独歩が、二十五年六月まで両親のいた山口県に帰郷中に、上京のきっかけをつかむために、しきりと徳富蘇峰と接触を持つことを試みた時があった。中でも独歩の筆力を認めさせようとして、当時民友社の中心的評論家の一人であった宮崎湖処子が、蘇峰にその筆力によって認められ、民友社に入社したことを模倣したことがある。

明治二十四年六月二十三日の日記に、

午後経済雑誌及福音新報来り之を読む、先に投稿せし経済雑誌社及民友社てふ論文、若し没書の運命に遇ふなくんば此ノ経済雑誌に載る可き葉都なるも、掲載しなきを見れば蓋し没書せられしならん（傍点筆者）

と、「東京経済雑誌」に投稿した「経済雑誌社及民友社」なる論文が没となったことを記している。これは宮崎湖処子が「東京経済雑誌」に発表した「国民之友及日本人」によって蘇峰に認められ民友社入りしたことから、独歩も「経済雑誌社及民友社」なる題名の論文が「東京経済雑誌」に掲載されることで蘇峰に認められ民友社入社を意図したと考えられるのである。[5] 事実、山口時代の明治二十四年から二十五年にかけて独歩の友人水谷真熊に宛てて、蘇峰へ民友社入社の働きかけをしたが、蘇峰から都合がつかないことを理由に断られたことを書き送っている。(6)

「年少士官」は独歩が日清戦争下における国民新聞社の＜理想的新聞記者＞であることを強調し、蘇峰をはじめ民友社幹部に独歩の筆力を認めさせようとして書かれたものであると考えることができるのである。

三

明治二十七年十月二日の「欺かざるの記」に、

昨日人見氏と語りたる時、人見氏の曰く、君海軍の通信員となりて軍艦にのり込まずやと、吾はこれを諾しぬ。百感胸にみちたり

と、人見市太郎から従軍の勧誘を受け、受諾の即答をしたことを記している。

九月十二日徳富蘇峰に、民友社に入社依頼してからわずか二十日にして従軍記者として派遣勧誘があったのである。如何に当時、国民新聞社が日清戦争従軍に力を入れていたと

はいえ、ほとんど記者としての実績経験は無に等しい独歩が派遣されるには、それなりの独歩の実績を蘇峰以下民友社幹部たちが認めたからにほかなるまい。そして、人見の従軍派遣の要請をその場で受諾したことは、独歩にも従軍勧誘があることがすでに予測されていたと考えられる。

また、上京後の独歩と佐伯での教え子であった富永徳麿、尾間明、並河平吉、山口行一と収二の生活も困窮を極めていたことも事実で、「欺かざるの記」明治二十七年十月十日に、

本日三番町より平河町五丁目一番地に転居す。経済上の都合なり。
山口行一氏都合ありて吾が仲間を去り、食客となる。
吾等の生活は次第に貧なり。
パンと芋とを食ふのみ。肉一片を食はざる也。
徳富氏に書状を発し、海軍通信伝托の決行をうながす（傍点筆者）

と記しているが、独歩が蘇峰に対して従軍記者としての派遣を急ぐよう書簡を出していることは、このような貧困から逃避するためであったとも考えられる。独歩の従軍派遣を

急ぐ書簡が功を奏したのか、十月十三日には広島より電報が来信し、十三日の夜、かつて深井英五が西下した時と同じ時刻発の九時五十分の汽車で出発するのである。

独歩が従軍に出発するまでの間に蘇峰が収二のために、東京専門学校の英語英文科修学を勧め、月謝および書籍費を一カ年間支給することを申し出たことを、十月五日の「欺かざるの記」に記している。これは蘇峰が独歩の従軍中に万が一独歩が事故にあったことを考えてのことであったであろうことが想像できる。

坂本浩氏は「国木田独歩」[7]の「第４章　従軍記者時代」で、このような独歩の従軍の経緯を論じられた後で、

> 彼等兄弟の進路には今や一道の光明が射し始めたのである。独歩はその気持の中に「頭巾二つ」(明治二十七、十二「家庭雑誌」)という詩を書き家庭雑誌に寄稿した。独歩をめぐる環境はいよいよ多忙となった。或る時は車を馳せて陸軍省に到り、記載禁止の事項を聞いて帰り(五四ペ)

と、独歩従軍直前の行動について論及されておられるが、独歩が従軍直前に「頭巾二つ」を「家庭雑誌」に発表したとされるのは誤りである。

「頭巾二つ」は、独歩の従軍中である明治二十七年十一月二十五日発行の「家庭雑誌」(四巻四二号)に発表された独歩の最初の詩で、詩の本文の前に次のような序文が置かれている。

頭巾二つ　　於千代田艦

吾が艦隊、黄海の最北にかゝりて、第二軍の上陸を護衛しつゝある時、たま〳〵千代田艦長内田正敏君の夫人より一個の荷物、良人のもとに到着したり。青木と称する艦長ボーイ、艦長室にて艦長の目前に此の荷物をときぬ。吾傍に在りて之を見たり。防寒用の頭巾一個荷物のうちより出でぬ。已にして又た一個でぬ。一個は夫人殊に艦長ボーイに贈られたる也。艦長ボーイ年の頃は十五六、常にまめ〳〵敷艦長に任ゆ。吾れひそかに夫人の優しき心をくみて此の歌を作る

序文の内容から、独歩が「頭巾二つ」なる詩を執筆しようとした意図は明らかで、「頭巾二つ」の執筆時期も、この序文から推して従軍中の千代田艦上の作であって、従軍直前の独歩が東京において執筆したものではないことが明白だからである。

四

明治二十七年十月十三日東京を出発した独歩が、広島に到着したのは十月十五日であった。直ちに大本営に出頭して従軍許可証を入手して、十月十六日宇品港出発、十月十九日薄暮大同江の千代田艦に乗艦した。

「欺かざるの記」明治二十七年十月二十二日に、

午後二時四十二分此の筆をケビン艦長室のテーブルに採る。
今日通信し置きたり。
通信の方法は弟に与ふる書となしぬ

と、従軍記事を送稿したことを記しているが、すでに第一報の「海軍従軍記」(明治二十七年十月二十一日『国民新聞』一四三四号)は、千代田に向かう途中の佐世保にて送稿し、第二稿は千代田に向かう西京丸から送稿した「艦上の勧工場」(二十七年十月二十三日『国民新聞』一四三六号〈第一信追加十七日西京丸にて〉と付記がある)で、千代田艦上からの送稿は従軍記事としては三報目であった。

さて、十月二十二日の「欺かざるの記」にもあるとおり、独歩の従軍記の特徴である〈愛弟〉なる叫び掛けは、第三報「波濤」から始まる。「波濤」の中において独歩は、従軍記者のあり方について読者に次のように紙上から語り掛けるのである。

余は自由に語らんことを欲す。愉快に談笑せんことを欲す。自由に談じ、愉快に語りてこそ、始めて余が意に適するの通信をなし得ることを信ず。

故に読者諸君、余に冷静なる看察者を以て望むなく、余をして報告者として筆を採らしむることなく、余をして全く自由に愉快に友愛の自然の情を以て語らしめよ。

余は之れを欲す。諸君も亦た之れを許すに於ては余巳に『如何に通信すべき』の自問に就て、自答を得たり。今後余の通信は凡て『余が一弟に与ふるの書状』なるべし

(傍点筆者)

と、従軍記事を報道するに当たり、独歩が自問自答した結果、〈自由に愉快に〉〈弟に宛てた〉書簡形式をとることとすることを公にするのである。

さて、〈余が一弟に与ふるの書状〉と題しての「波濤」の中の従軍記は、次のように始

まるのである。

愛弟

何よりして語るべき。事実少なくして感情多しとはわが今日までの逢遇にぞある。成程見聞する処なきに非ず。されど是れ斬時の間の新奇の感のみにして、其の実は左程めづらしき事にも非らざれば也。然るに、聞く人に在りては、何にてもよし、兎も角も語れ、片端より聞かせよ、といふが人の常の習ひなるを思へば、然り、われ御身のため片端より語り申さん。

このようにして独歩の従軍記事は、「国民新聞」紙上に、明治二十七年十月二十一日の「海軍従軍記」から、明治二十八年三月十二日の「敵艦廣丙號捕獲詳報」まで三十一回、二十五話を飾ったのである。

このうち〈愛弟〉の呼び掛けで書き出す従軍記事は、「波濤」から「大連湾掩留の我艦隊」(十二月十三日掲載)までの十三回、九話だけである。「艦中の閑月日」(十二月十八日)「艦上近事」(十二月二十一日)「大連湾雑信」(二十八年一月六日、八日、九日)の三話は、それまでと同様の通常文で書かれてあるが〈愛弟〉の呼び掛けはない。その後「威海衛大攻撃」から最後の従軍記事となった「敵艦廣丙號捕獲詳報」までの八話は候文体であり、〈愛弟〉の呼び掛けも用いられていない。

独歩は、「国民新聞」に載せた従軍記事の合計三十一回のうちの十三回、つまり約半分に〈愛弟〉の呼び掛けをし使用したのであるが、独歩の従軍記事すべてが〈愛弟〉との呼び掛けで書かれている感がある。従軍記事を自分の弟に与える書簡形式で〈愛弟〉と呼び掛けた斬新さが通常の記事とは異なり、読者に強い印象を与え「愛弟通信」として親しまれるところとなったのである。

徳富蘇峰は「自伝」の中で、

又た国木田独歩は千代田艦に搭乗し、所謂る『愛弟通信』――通信文を其弟国木田収二君に宛てゝ、書簡体に認めたもの――等に依って、頗る異彩を放った

と独歩の従軍記事について回想している。

それでは、独歩は〈書簡形式〉の従軍記事をいつから準備していたのであろうか。千代

田艦上で思いついたものなのであったのか。

従軍以前、すでに佐伯から独歩の友人に宛てた書簡形式で、独歩の考えを記していたのである。

「欺かざるの記」明治二十七年六月七日に、

今井氏に与ふる書を記して只今（夜十時）まで費す。書する処は吾が近頃の思想なり。大約此の日記中に現はれし処なり（傍点筆者）

と、山口中学校時代からの親友であった今井忠治に宛てて、佐伯から書簡体で独歩の思考を書き送る。

また、明治二十七年七月十五日付、中桐確太郎宛書簡に、

今日登校を止め、

『今井君に与ふ』てふ題にて筆にまかして巳に三十枚程書きたるものあり。要するに小生胸中の紅蜺を無頓着にもらしたるものに候大兄の如き哲学者先生にはノンセンスとして一笑を値ひするに過ぎざる可しとは知れども二枚三枚ヅヽ送るか故に試みに

御一笑被下度候

と、「今井氏に与ふる書」を書き続けていることを記しているのである。

「今井氏に与ふる書」とは、独歩没後刊行された『独歩遺文』(8)に収録された「信仰生命」であるが、その一部は明治二十八年三月から四月にかけて「精神」(9)に「苦悶の叫」と題して発表している。

「今井氏に与ふる書」は、独歩の信仰に対する煩悶を「欺かざるの記」を引用しながら〈今井〉に宛てて書簡形式で記している。友人に宛てた書簡形式を採用することで、独歩の考えを自由に語ろうとしたものである。

日清戦争に従軍した独歩が、従軍記事を弟収二に宛てた書簡形式で報告しようとしたことは、すでに佐伯滞在中に「今井氏に与ふる書」で独歩が自由に自分の考えを記すことができた経験を生かして、〈自由に愉快〉に読者に語り掛けようとして、弟収二に宛てた書簡形式を考えたものであろう。

さて、十二月一日の「欺かざるの記」に戦死者をはじめて見たことを、次のように記している。

旅順口は二十一日に陥りたり。二十四日か五日に一寸と上陸して饅頭山砲台付近を見物したり。

始めて支那人の死体を見たり。今ま尚ほあり〳〵と眼底に印象せられ居るなり。『戦死者』の実見は、吾をして『戦』なる文字の真面目なる消息を直感せしめたり（傍点筆者）

この〈戦死者〉の実見を従軍記事「旅順陥落後の我艦隊」の第三報（『国民新聞』一四七八号、十二月八日）で次のように報告するのである。

愛弟、吾れ始めて『戦ひに死したる人』を見たり。剣に仆れ、銃に死したる人を見たり。

無論そは清兵なりき。見たるうち一人は海岸近き荒野に倒れ居たり。鼻下に恰好なる髭を蓄へ、年齢三十四五、鼻高く眉濃く、体軀長大、一見人をして偉丈夫なる哉と言はしむ。天を仰ひで仆る、両足を突き伸ばし、一手を直角に曲げ一手を体側に置き、腹部を露はし、眼半ば開く。吾れ之れを正視し、熟視し、而して憐然として四顧したり。凍雲漠々、荒野茫々天も地も陸も海も、俯仰顧望する処として惨憺の色ならざる

なし

『戦』といふ文字、此の怪しげなる、恐ろしげなる、生臭き文字、人間を詛ふ魔物の如き文字、千歳万国の歴史を蛇の如く横断し、蛇の如く動く文字、此の不思議なる文字は、今の今まで吾れに在りて只だ一個聞きなれ、言ひ慣れ、読み慣れたる死文字に過ぎざりしが、此の死体を見るに及びて、忽然として生ける、意味ある文字となり、一種口にも言ひ難き秘密を吾れに私語きはじめぬ。然り、吾れ実に此の如く感じたり従来素読したる軍記、歴史、小説、詩歌さへも、此の惨たる荒野に仆るゝ戦死者を見るに及びて、始めて更らに活ける想像を吾れに与へ、更らに真実なる消息を吾れに伝へ、真面目なる謎を吾れに解きたるやの感あり。詩の如く読み、絵の如く想ひたる源平平氏の戦も、人間の真面目なる事実なりしを感じぬ、斬くの如く申せば、餘りに仰山の様なれども、吾れ実にしか感じたり

独歩がはじめて〈戦死者〉を見た衝撃の強さが伝わって来る。独歩がこのように詳細な〈戦死者〉の描写をしたことについて、平岡敏夫氏は「国木田独歩」[10]の中で、

このように一敵兵士の死を凝視した者はいないのではないか(九八ぺ)

と指摘されている。

〈戦死者〉を実見したことを記した十二月一日の「欺かざるの記」に、

二十八日の夜伴武雄、富永徳麿の両友より書状を得たり。伴氏の書状は幾度か吾をして涙あらしめたり。『此故に僕皮下注射の療法ありながら之を旋すの資なき匪運を悲まず全窓の諸子連りに気焔を吐くも羨まず』云々の句は却て吾をして此の青年の匪運不幸を泣かしめたり

と、旧友伴武雄の余命幾許もないことを予知する記事を記している。そして同日の項に、

不思議なる人類の歴史！　不思議なる個人の生命！

不思議なる自然！　不思議なる生死！

と記すのは、〈戦死者〉を実見した独歩の偽らざる心情吐露であった。

伴武雄は翌二十八年六月二十二日に死亡する。そして、佐伯から上京して共に生活した

ことのある山口行一が二十八年七月六日突然死亡する。この両名の死が独歩に新たな〈死生観〉を与えたのであるが、日清戦争従軍中に実見した〈戦死者〉が、独歩の〈死生観〉の一部を形成したことは明らかである。

さて、従軍記者としての体裁の特異さもさることながら、千代田艦上における将校たちの日常生活を従軍記事として報告していたことも、独歩の従軍記の特色と認めることができよう。十二月八日の「国民新聞」に発表した「艦中の閑月日」と題する従軍記事で、〈士官室のストーブ〉が、まるで田舎の〈爐〉のように温かく、団欒の場となっていることを記した後で、次のように千代田艦の十二人の将校を紙上で紹介するのである。

体軀丈も能く肥満し、丈も声高に笑ふ仙頭大尉、丈もよく語り、丈も能く周旋し、自から長兄然たる津田大尉、丈も年若くして而も白髪多く「白髪とは髪の白きものを言ふ」何の可笑き事やあると、丈も正しき定義を以て弁駁する浅野三番分隊長、洒落たる臼井大尉、温和なる山本大機関士、武骨なる佐藤大機関士、謹直にして髭然たる髭をもつ矢代砲術長、美髯なれども但し上陸の時は剃るとの墓なき運命を有する髯の主人公石井大尉、将棊は尤も下手なれども尤もすきなる主計長、鮪の刺肉を今半皿づゝとの請求を満場一致を以て可決したるに星議長も物かわと頑然として動かざりし食卓掛り若栗軍医長、先達て扶桑より転乗の星野機関長、之れに加ふるに尤も淡白なる永峯副艦長を以てして以上十二人の諸君こそ、此の愉快なるストーブ団欒の仲間なれ、而して客たる余も亦た異分子として、自から此の団欒に別趣味を添へつゝあるなり

このような描写が可能であった背景に、独歩の千代田艦上における従軍記者としての待遇の良さが挙げられよう。後年「別天地」[11]の中で、

日清戦役の時、海軍従軍記者は皆な何れの軍艦でも十分なる待遇を受け、軍人の彼等に対するや出来るだけの親切を尽したに相違ない

と述懐しているが、独歩の千代田艦上での待遇も将校と同等の扱いであったのである。独歩が千代田艦乗艦を終えたのと入れ替わりに「日本」の従軍記者として出発したのが正岡子規であった(明治二十八年三月三日　東京出発、四月十日宇品発　五月二十三日従軍解除)。

子規の従軍記は、「従軍紀事」(明治二十九年一月十三日『日本附録週報』から明治二

十九年二月十九日『日本』まで七回）と「陣中日記」（明治二十八年四月二十八日『日本』から明治二十八年七月二十三日『日本』まで四回）があり、従軍を回想した随想として「我が病」（『子規小説集』明治三十九年九月二十日　俳書堂）がある。

「従軍紀事」第一回「緒言」において、

若し夫の某将校の言ふ所「新聞記者は泥棒と思へ」「新聞記者は兵卒同様なり」等の語をして其胸臆より出でたりとせんか。是れ冷遇に止まらずして侮辱なり。彼等は新聞記者を以て犬猫同様に思ふが故に此侮辱の語を吐きたるものならん。

と記し、「従軍紀事」第二報「海城丸船中」で、船中における食事の様子を次のように報告している。

茶碗と箸とは一つゞゝ借り受けたるのみにて洗ふ事も無く殊に食事のたびに茶を飲み得ぬ事多かれば茶碗も箸もきたなき物ガリ〳〵と附きて不愉快言はんかたなし

「従軍紀事」は全編にわたって軍に対する従軍記者の待遇の悪さの批判で終始している。子規の待遇に比べると、独歩の艦上での生活はまさに楽園であったと言える。

独歩の従軍記事が読者に好評だった一因として、〈自由に愉快〉に語ったことが挙げられるが、〈自由に愉快〉に艦上の生活を送ることができたことも、従軍記事をのびのびと記せた一因であったと考えられる。また、将校たちと自由に付き合うことができたことが、従軍記事としては軽妙な描写である「艦上の閑月日」のような記事の執筆を可能なものとしたのである。

五

独歩は日清戦争を契機として、国木田哲夫の名を「国民新聞」紙上に掲載した従軍記によって高名なものとした。

大分県佐伯での教員生活を終えて上京した独歩が、徳富蘇峰に求めた職が国民新聞記者であり、たまたま就職の斡旋の日に行われた国民新聞記者の歓送会の席に、蘇峰に連れて行かれたことが、独歩に従軍記者の勇姿を羨望させることになったのである。

独歩には「欺かざるの記」と題する〈思想・感情〉の記録があるが、自由闊達に従軍記事を記すことができたのは、「欺かざるの記」に独歩の思考を書き続けてきたことを原因に挙げることができるであろう。

また、〈詩人〉と〈実際家〉との葛藤に苦しんだ独歩が、はじめて公にした詩が日清戦争に題材を取った「頭巾二つ」であったことも、従軍によってもたらされた産物であったのである。

従軍後、明治二十八年六月九日、佐々城家で開催された従軍記者歓迎会の席上での、佐々城信子との出会い、そして恋愛から結婚と離婚までの経緯はあまりにも有名である。

後年、田山花袋に宛てた明治三十年三十一日付書簡で、

小生をして追懐録を草せしめば三部の別種にして而も詩趣に富めること相譲らざる製作出来上るべし。

第一、は『若き田舎教師』といふ題目にて豊後の一旧城下に於ける一年間の僕の遇逢観察を書かしめよ。

第二、は『従軍記者』てふ題の下に余の乗艦観戦の五ヶ月余の見聞を書かしめよ。

第三、は『わかき血』とか何とか題して恋愛の始終を書かしめよ。此三ツの者は悉く連続せり。余にして此三編を遺憾なく書き得ば青年時代の作として満足する也。

と、処女作の用意のあることを書き送るのであるが、花袋と共に滞在した日光、照尊院で書き上げた処女作は、独歩言う『若き田舎教師』の題目に沿って書かれた『源叔父』[12]であったのである。しかし、田山花袋宛書簡にもあるとおり、〈佐伯時代〉〈従軍時代〉〈佐々城信子との恋愛〉は、すべて〈悉く連続〉しているのである。

日清戦争従軍は独歩にとって、彼の人生における一大転機であった。日清戦争従軍を礎として作家として出発することになったのである。

〈注〉

（1）明治二十七年九月九日、独歩たちに遅れること三日後に尾間明、並河平吉上京直ちに同宿する。

（2）明治二十七年九月十九日の時点で、「国民新聞」従軍記者の所在は、次のとおりである。

在広島　徳富猪一郎、深井英五、横沢三次郎

在平壌　（大島少将の軍に従って）

久保田米僊、菊池謙譲

在平壌　（野津第五師団に従って）

阿部充家

在大邱府　松原岩五郎
在馬関　平田久
釜山に於て　鑑湖生
京城に於て　天涯生
仁川に於て　愛民生
(全集第五巻解題　五九六ぺ参照)
(3)「国木田独歩」昭和五十八年五月十日　新典社
(4)明治四十一年十一月二十三日　佐久良書房より刊行
(5)拙論「国木田独歩と宮崎湖処子」「解釈」二三八号　昭和四十九年三月一日
(6)明治二十四年十二月二十九日、二十五年二月二十五日　水谷真熊宛書簡
(7)「国木田独歩」昭和四十四年六月一日　有精堂
(8)「独歩遺文」明治四十四年十月三日　日高有倫堂
(9)明治二十八年三月二十一日から四月二十一日まで、「精神」五十四号から五十七号まで四回にわたって発表
(10)注(3)に同じ
(11)「別天地」明治三十六年一月一日「軍事界」十号
(12)「源叔父」明治三十年八月十日「文芸倶楽部」十一編

【付記】

従軍後、明治二十八年六月二十五日発行「家庭雑誌」に発表した「軍艦の種類」(七月十日、七月二十五日　計三回分載)は、口語で書かれた最初の作品であるが、「軍艦の種類」は独歩の創作ではなく原本が存在していた。「軍艦解説」(明治二十七年十二月一日発行)に増補(明治二十八年一月一日)された「都新聞」掲載の「軍事叢談」中の「軍艦の種類」が原本である。紙数の関係上本稿で触れることができなかったが、機会を得て論じたい。

六　「軍艦の種類」の原本についての考察

はじめに

国木田独歩の「軍艦の種類」は、明治二十八年六月二十五日、七月十日、七月二十五日の三回にわたって、民友社発行の『家庭雑誌』五六、五七、五八号に発表された。署名は国木田哲夫である。独歩の作品中で口語体が用いられた最初の作品が、この「軍艦の種類」である。

「軍艦の種類」(1)は、筋肉のたくましい水兵が小学生の少年と岬の端で海を眺めている時、沖を走る運送船を軍艦と同一視した少年に対して、水兵が船にも種類があり、それぞれ呼称も働きも異なることを説明することが前提となっており、読者に対して、わかりやすく軍艦の種類とその働きを説明しようとするものである。

民友社はすでに、明治二十年二月から『国民之友』を発行しており、当時の総合雑誌としては最大の発行部数を誇っていた。政治・経済・文芸の各方面における、学者・文学者の論文や作品が掲載され、成年男子を対象とした雑誌であった。『国民之友』とは別に、『家庭雑誌』が発行された(明治二十五年九月から明治三十一年八月まで、一一九号で終刊)。

『家庭雑誌』が対象とした読者は婦女子であり、それだけ内容も『国民之友』と比較すると平易で記事の取扱いもバラエティーに富んでいる。

独歩の「軍艦の種類」も『家庭雑誌』に発表されたものであるが、水兵が少年に軍艦の種類をわかりやすく解説しようと口語体を用いているのも、雑誌の読者である婦女子に合わせて執筆したものであることが想像できる。

さて、独歩が発表した「軍艦の種類」は、独歩の創作ではなく、もととなる原本が存在していたのである。つまり、独歩の「軍艦の種類」には〔虎の巻〕があり、その記事を独歩が脚色し直して発表したものである。(2)

独歩は、明治二十七年十月から二十八年三月まで、日清戦争に「国民新聞」の従軍記者として戦艦〔千代田艦〕に乗艦し、「国民新聞」に〔従軍記事〕を掲載した(後に『愛弟通信』と題して明治四十一年十一月二十三日、佐久良書房から刊行)。「国民新聞」に掲載された〔従軍記事〕により、国木田哲夫の名は新聞記者として広く知られるところとなるのである。『家庭雑誌』に発表された「軍艦の種類」は、独歩の日清戦争従軍記者としての名を利用した、婦女子に焦点を当てて書かれた、時流に乗った〔軍艦の種類〕の〔解説〕であった、と考えられる。

本稿では、紙数の関係から、独歩が使用した『軍艦解説』中の「増補　軍艦の種類」(以下　増補と略す)の内容を明らかにするものである。

「軍艦の種類」は、学習研究社版『国木田独歩全集』第九巻に収録されている。学習研究社版全集以前には、改造社版全集七巻に収録された。

一

『軍艦解説』は、明治二十七年十二月一日、東京牛込区矢来三番地　右文社から発行された。著作者兼発行者は、須永金三郎である。明治二十八年一月一日、増補改訂版が発行され、明治二十八年中に、一月十五日　三版、一月二十五日　四版、二月二十日　五版と版を重ねている。

体裁は、縦十九糎・横十三糎である。表紙には、〔須永金三郎著「軍艦解説」全〕とあり、付録として、〔戦術応用軍事小説　支那帝国之末路〕と題の左に記されている。本文前に挿絵が二葉ある。一枚目は、英国軍艦ビクトリア号とカンパーダウン号の絵で、二枚目は、英国一等巡航艦ブレーク号の切断図である。

「軍艦解説」は五十一頁、「支那帝国之末路」は四十四頁であるが、「軍艦解説」と「支那帝国之末路」の間に「軍艦の種類」を挿入している（「軍艦の種類」は明治二十八年一月一日増補再版発行に収録、後第三版以降は「軍艦の種類」を含めて『軍艦解説』としている）。

「軍艦解説」の凡例に、

　本書は世の少年子弟をして軍艦内外の構造及兵器の装置を知得せしめ以て海軍思想を養成するの目的を以て編したるもの

とあることから、少年を対象にした軍艦解説書であることがわかる。

その内容については、以下のとおりである。

（一）軍艦の発達及其種類
（二）噸数、速力、及馬力
（三）上甲板及艦体内外部の構造
　配置
（四）大砲
（五）水雷
（六）信号

それぞれ外国の軍艦の図解と各部分の英語および日本語名、各部門での解説が施されている。

さて、明治二十八年一月一日の増補改訂については、次のような理由書が付加されている。

左の一編は都新聞軍事叢談中に掲げられたものなるが本編の漏を補ふ可き値ある記事なれば同新聞記者の承諾を得て茲に転載増補す

この「都新聞　軍事叢談」とあるのは、明治二十七年十一月八日から十二月一日まで八回にわたって「都新聞」に連載された「軍事叢談」を示している。
「軍事叢談」第一回からの掲載月日および題目は、次のとおりである。

明治二十七年
十一月八日
(一)　海軍兵器の進歩(序)
十一月九日
(二)　海軍大砲の種類
十一月十日
(三)　我三大艦の巨砲と定鎮両艦の巨砲
十一月十八日
(四)　定鎮両艦の大砲
十一月二十三日
(五)　軍艦の種類(戦闘艦より巡洋艦)

十一月二十九日
（六）　軍艦の種類（報知艦より水雷艦）
十一月三十日
（七）　小銃の種類
十二月一日
（八）　小銃の種類

「軍事叢談」は、どのような目的で掲載されたものであるのか。「都新聞」明治二十七年十一月八日に掲載が開始された（一）海軍兵器の進歩（序）において、次のように「軍事叢談」の掲載理由を述べている。

軍事叢談に掲載すべき事項中に此節柄掲載を忌むべきものあり又余り学術的に渉りて素人の早分りに困難なるものあり彼是今日まで掲載を延引するに至りしが去る八月二十六日肝付海軍大佐が大日本教育会に於て海軍兵器の進歩に付き演説せられたる所ハ大に読者を益すべきものあるを以て其要を摘んで此に軍事叢談の筆始めとす

これによると、肝付海軍大佐が大日本教育会で海軍兵器の解説をした要約記事であり、海軍の兵器と軍艦についての国民に対する啓蒙の意味を含んだ演説会であることが想像できる。まだまだ近代国家としての国民の意識が、軍事兵器に対して決して関心が高くなかったことが「都新聞」の特別記事に『軍事叢談』として取り上げていることからしても、想像できる記事ではある。

つまり、この演説会は、明治政府が国民に対して、富国強兵政策を進める上で、国民の軍事兵器に対する理解の高揚を計るための会であったことがわかる。

この大日本教育会の演説会で行われた、肝付海軍大佐の『軍事叢談』中の(五)軍艦の種類(戦闘艦より巡洋艦)と、(六)軍艦の種類(報知艦より水雷砲艦)までがそっくり「都新聞」の記事から「軍事解説」に増補されたのである。さらに「軍艦解説」に増補された「軍艦の種類」をもととして、独歩が『家庭雑誌』に「軍艦の種類」を発表したものなのである。

「軍艦の種類」の題名については、双方とも同じである。〔増補〕の軍艦の種別が十種であるのに対して、独歩は七種に分けているが、これは、独歩が〔増補〕中の〔海攻艦〕と〔海防艦〕を一種として〔海岸使役艦〕とし、さらに、〔増補〕の〔水雷艦〕と〔水雷砲艦〕を合わせて〔水雷艦及び水雷砲艦〕としているからである。

さて、独歩が口語体で書いた最初の作品が『軍艦の種類』であることを先に述べたが、何故独歩がこの「軍艦の種類」を口語体で書いたのか。これは独歩の発想であったものか否か。

実は「軍艦の種類」が増補された『軍艦解説』の著者の須永金三郎による本文が、〔少年よ〕との書き出しで始まっていることを、独歩が模倣したものなのである。須永金三郎は『軍艦解説』の各章を、〔少年よ〕と書き出している。これはすでに触れたとおり、『軍艦解説』が当時の〔少年子弟〕を対象とした書物であることと関係がある。わかりやすくかつ少年の意識を高揚させるには、語って聞かせる手法をとることが一番である。独歩は『軍艦解説』から内容も書体も模倣したのである。

次に『軍艦解説』収録の「軍艦の種類」の本文を紹介する。

〇軍艦の種類。一トロに軍艦と云へど。其職分。其形体等に因って種々の区別あり。現今ハ大別して左の十種とす。

(一)戦闘艦　(二)海攻艦　(三)海防艦　(四)巡洋艦　(五)報知艦　(六)砲艦　(七)水雷艦　(八)水雷砲艦　(九)運送艦　(十)練習艦

右各艦の特性。及び職分を摘示すれバ左の如し。

○戦闘艦。海洋に出てヽハ敵艦と戦ひ。遙に陸上を目がけてハ敵の砲台を破壊する職分を有するものを戦闘艦とす、即ち戦闘を事とする軍艦なり。故に其構造ハ勉めて堅牢を主とし。敵の軍艦或ハ砲台を破壊すべき攻撃力と。敵の弾丸に打貫かれざる防禦力とを備ふるを要す。厚き鉄板を以て被ひ。或ハ石畳鉄壁をもって築きたる砲台を有し。或ハ巨大の大砲を備ふるハ戦闘艦に在り。斯く万事堅大を主とするを以て。速力他の軽装せる軍艦より遅き事あり。是れ強いて速力を早くせんとせバ。勢ひ是よりも一層緊要なる攻撃力。防禦力。凌波性。遠航性(此両性ハ共に激浪上に在りて職分を尽すに必要なり)を減殺する恐れあるを以てなり。目今欧州諸国に戦闘艦と称するもの。通例六十噸以上の主砲と。厚さ十六吋(一尺三寸余)内外の鉄板を以て被ハれ。其噸数少くとも一万噸以上に達し。速力ハ十六海里内外なり。清国の定遠鎮遠ハ即ち戦闘艦の種類に属す。

○海攻艦及び海防艦

海攻艦の役務ハ敵国に出でヽ其海岸に攻寄りて軍艦及び砲台を破壊し。自国に在りてハ水浅き海上、及び港湾内を運動して敵艦の来攻に備ふるに在り。海防艦ハ外国に出る事なく。専ら自国の沿岸のみを守護するものなり。随って攻撃力も防禦力も。共に戦闘艦に劣らざる程のものなかるべからず。即地鋭利なる大砲も。厚き鎧も必要なり。只此艦ハ水浅き所にて働くものなれバ。成るべく吃水を減じて大艦の進航し得ざる場所にも容易に進航し得る様せざるべからず。而して海攻艦と海防艦とハ何点が異なりやと云ふに。海攻艦ハ激浪を超へて敵地に攻寄る事あるを以て。相応成る凌波性(即ち波に堪ゆる力)と、遠航性(遠洋を航海する力)とを具へ。且つ適度の速力をも有するの必要あれど。海攻艦ハ自国の海岸を守護する丈けのものなれバ。凌波性、遠航性等に欠くるあるものも意にするに足らざるなり。故に海防艦の速力ハ普通十海里内外にして。海攻艦の一種たる浮砲台の如きハ。速力僅に三海里内外のものあり。我厳島、松島、橋立の三大艦ハ。即ち海攻艦たり、又海防艦たるものにして。其攻撃力、防禦力、共に戦闘艦と近きものなり。

○巡洋艦

軍艦の種類多しと雖も。巡洋艦の如く。平時と戦争とを題はず多くの職分を有するものハ未だ嘗てあらざるなり。此艦ハ戦時に在りてハ主として敵の援兵、糧食、銃砲、弾薬、石炭等を運送する運送船。及普通の商船の襲撃に遭はざらしむるため。其船路を保護する事を努め。時にハ戦闘艦。或ハ海攻艦。海防艦を補けて戦闘に従事し。平時に在りてハ。在外本国人の自由安寧を保護し。又ハ近海の警察を為すものなり。此の如き職分を有する軍艦なれバ。其の攻撃力も防禦力も。共に戦闘艦若くハ海攻艦。

海防艦程堅牢なるを要せず。僅に中大の兵器と。薄き鎧板を以て被はるれバ充分なりとす。只此軍艦に要する特性ハ。速力の快迅なる事是なり。速力に次で必要なるものハ。凌波性と遠航性とに在り。巡洋艦に二種あり。一を甲鉄巡洋艦と云ひ。一を非甲鉄巡洋艦と云ふ。甲鉄巡洋艦ハ。戦時に在りてハ敵の軍艦を攻撃するに在るを以て。是攻撃力も防禦力も大に見るべきものあり。非甲鉄巡洋艦ハ。主として商船若くハ運送船を破壊掠奪するに在るを以て。其攻撃力と防禦力と甲鉄巡洋艦に及ばず。只其速力極めて迅速なるを利とするなり。清国の経遠。来遠ハ甲鉄巡洋艦にして。致遠。済遠。及我浪速。高千穂。吉野。秋津洲の如きハ非甲鉄巡洋艦なり。

○報知艦

報知艦ハ其名の示す如く。専ら報導伝令を職分とするものにして。一名を伝令艦とも云ふ。即ち敵国沿海の防禦策。其他の方略。或ハ敵艦の動静を窺ひて之を我艦隊に通報し。又ハ鎮守府令長官の命令を所轄軍艦に伝達するものなり。斯る職分を全ふせんと欲せバ。成るべく其形体を軽少にして、運動に自在ならしむるに在り。故に攻撃力、及び防禦力ハ之を強大にするに及ばず。只非常の用意として、軽砲数門を装置すれば足るなり(攻撃力、防禦力を増せバ、随って艦の重量も増すを以て、為に速力を弱むるの恐れあり)。然れども実戦に際してハ。報知艦を第三巡洋艦（非甲鉄艦を指す）に代用し。第三巡洋艦を報知艦に代用して。差したる不便あること無し。我八重山艦の如きハ報知艦として製造せられたる者なれども。時には第三巡洋艦として使用することを得べし。

〇砲艦

砲艦ハ。戦時に在りてハ常に沿岸に出没して敵艦の来襲を防ぎ。或ハ敵地に進みて其軍艦砲台を攻撃するものなり。故に彼の海岸使役艦(即ち海防艦、海攻艦)よりも一層の浅瀬に乗り込み。河上に遡りて砲台ニ近寄り。或ハ島嶼の間に出没する等ハ砲艦の得意とする所にして。他軍艦の補佐なきに於てハ充分の働きを為す能はざるなり。其右の如く、砲艦ハ専ら浅水上に在って働く部着物なれバ。其形体甚だ軽小にして。其吃水ハ成るべく少くせざるべからず。故に方今砲艦と称せられるものハ。五百噸、乃至千噸の容積を有する小艦なり。但し其形体の小なるに拘はらず。堅固なる砲台、又ハ巨大なる軍艦をも攻撃するの必要あるを以て。其攻撃力ハ強大なるを要す。サリとて軽小なる軍艦に多くの巨砲を備ふる事到底出来可らざるを以て。成るべく砲数を少なくして、攻撃力の大なるを備へ。又防禦力も格別堅固なるを勉めずして。只菅強力なる大砲を備ふる事に力を用ゆるを常とす。先頃黄海の海戦に勇名を轟かしたる赤城艦の如きハ即ち砲艦なり。

○水雷艇

水雷艇ハ砲艦と同じく。専ら海防艦、海攻艦を補佐して敵の来襲を拒ぎ。又敵を攻撃するものなり。而して水雷艇と砲艦と異なるの点ハ。其形体の一層小なると。其兵器として水雷を用ゆること。及速力の極めて迅速なるを貴ぶとに在り。此小艇が海戦上に及ぼす効力は甚だ強大にして。巨砲を装置したる大艦も。往々其一撃に沈めらるゝことあり。其形体の極小なるものハ軍艦の端艇位にして。大なるものと雖も二百噸を出でず。我水雷艇小鷹号の如きハ百六十噸なり。

○水雷砲艦

水雷砲艦ハ。水雷艇を破壊し、或ハ捕獲する軍艦にして。其職分を全ふするためにハ。

少くとも水雷艇の速度に等しき速力と、水雷艇を破壊するに足るべき攻撃力なかるべからず。即ち速射砲、機関砲を始め、水雷艇を撞き沈むべき衝角をも備へざるべからず。其大さハ四百噸乃至九百噸にして。略ぼ普通の砲艦に似たれども。其形体甚だ細長くして。喫水も亦甚だ浅し。先頃沈没せる我千鳥艦の如きハ。即ち水雷砲艦として製造されたるものなりと云ふ。

○練習艦

練習艦ハ。海軍々人に諸学術、技芸を教習せしむる軍艦にして。普通の軍艦に於けるが如く防禦力、攻撃力の備あるを要せず。速力も亦迅速なるを要せず。故に時に練習艦として新造することありと雖も。多くハ旧艦を改造して之に充るの常とす。我練習艦中、満珠、干珠ハ特に練習艦として新造したるものなりと雖も。他ハ皆古老艦を改造したるものなり。

『軍艦解説』の〔増補〕「軍艦の種類」の内容は以上である。〔増補〕中の軍艦の性能解説と、独歩の解説の内容とが似かよっていることがわかる。これは、独歩が『軍艦解説』中の「軍艦の種類」の内容をほとんどそのまま踏襲して、会話体で書いているからなのである。

独歩の「軍艦の種類」の解説中の戦闘艦の項で省略した部分は、「ローヤルサバレーン」（英国の一等戦闘艦）の砲門配置図と、ローヤルサバレーン、センチュリオン（英国二等戦闘艦）、定遠、鎮遠（清国三等戦闘艦）の、排水量、装甲、武装、速力の比較図である。この中にはわが国の戦闘艦の名はない。

なお、独歩の「軍艦の種類」には、次の各種軍艦のスケッチが入っている。海防艦（松島）、巡洋艦（吉野）、報知艦（八重山）、砲艦（赤城）、水雷艇（小鷹）、水雷捕獲艦(龍田)。

さて、『軍艦解説』中の「軍艦の種類」が、須永金三郎により、東京右文社から発行され、後に「都新聞　軍事叢談」中の〔軍艦の種類〕を増補収録したことについてはすでに触れたが、ここに増補するに当たっての、次のような説明文が〔増補〕「軍艦の種類」の後に収録されているので紹介する。

左の一編は老婆心猿氏の名を以て著者に寄せられたるものにして。本書第一版の漏を補ふ可き最も値ある記事なれば。其全文、及び添翰を掲載して、以て前版の漏を塞ぎ。且つ老婆心猿氏の厚意を江湖に紹介す。

○

未だ敲咳に接せず候へ共。御芳名兼てより聞及び窃に欣墓罷在候。陳者先般御著述相成候「軍艦解説」一部購入拝読仕候處。丁寧親切、極めて面白く軍艦に関する大小の事柄を御記述され。素人をして海軍戦術の一班を知得せしめ、特にハ海国の少年をして海事思想を喚起せしむ可き巧妙なる立意、啻に感状仕候のみならず。国家の為め深く其御心を謝し申候。失礼の申分には候へ共、固より御自序にも見へ候通り、専門家ならぬ素人の貴下が御手に成りたるものゝ事とて。専門家の目より見れば、多少欠漏錯誤なしとは申されず候へ共。大躰の上より云へば、特には専門家ならぬ貴下の御手に成りたるものにして、斯く周到に親切に。且誤謬の少き等より評すれば。兎に角値ある。上々の御著述と申候ても。敢て小生が諛言と相成り申間敷と確信仕候。但惜む可かりしは、折角の金編中左の二項を御遺脱成され候事に御座候

（一）　各軍艦の職分

（二）　艦隊陣形の解

右の内第一なる各軍艦の職分、及其特性に就ては。稍不充分ながらも都新聞軍事叢談中に其概要を記載有之候故。別に申上るには及ばず。唯第二の艦隊陣形に関しては。我国未だ民間の書籍、雑誌。新聞紙共に記載せしもの無之故。失礼を顧みず、其稿本を送呈仕候間、御一読の上御見込を以て巻尾に増補す可き値ありと思召され候はゞ、再版若くは三版御上梓の際。増補として公衆に御教示下され度依頼申上候、尤此等の事は軍機、の秘密等に関係なく、且万国共通の兵術に属することに候へば。無遠慮申上られ候も。他は動もすれが機密に亘り易き為め容易に申上ること相成り難く、其が為他に猶ほ増補したらんにはと想はれ候点も有之候へ共。わざと申上げず。事情御察

し下され度候。小生実名等申上ても差支は無之候へ共。時節柄わざと変名を以て申上候追伸「軍艦解説附録支那帝国之末路」一編。日々新聞の賞賛通り実に近来の快文字。一読不覚快を呼び申候、思軒以上の文と某誌の賛評小生も同感に存候。孰れ拝眉の折も候はゞ、ゆるゆる御高説拝聴可仕候頓首

十二月十七日

老婆心猿

右文社主須永金三郎侍史

さて、独歩は後年、『近事画報』の編集に携わる。(創刊は明治三十六年三月十日、創刊時の題名は『東洋画報』であったが、明治三十六年九月一日、『東洋画報』二巻一号より『近事画報』と改題する。明治三十七年三月一日、三巻二号をもって『戦時画報』と改題するが、三十八年十月十日、六十九号をもって『戦時画報』を『近事画報』と復題するのである。これらはいずれも編集者は国木田哲夫である。)

『近事画報』六十九号(明治三十八年十月十日発行)にも、「軍艦の種類」が載っている。日露講和条約直後の発行であるが、かつて日清戦争に従事した時の見聞をもととして書いた「軍艦の種類」の二匹目のどじょうを狙ったのかもしれない。

『近事画報』の編集者は国木田哲夫となっているが、収録されている「軍艦の種類」の執筆者名はない。「軍艦の種類」の内容は、「戦闘艦」「巡洋艦」「砲艦」「水雷駆逐艦」「報知艦」であり、そして新しく「潜航水雷艇」が登場している。『家庭雑誌』に発表した「軍艦の種類」にはそれぞれの船のスケッチが入っていたのに対して、『近事画報』に発表された「軍艦の種類」にはそれぞれの軍艦の写真が入れられている。

なお、『近事画報』の「軍艦の種類」の軍艦解説は、『家庭雑誌』の「軍艦の種類」の各鑑の内容とほとんど変わりはない。目新しいこととしては、日清戦争当時には存在しなかった、〔潜航水雷艇〕が登場したことであろう。

次に『近事画報』に掲載された「軍艦の種類」中の〔潜航水雷艇〕の解説を引用する。

潜航水雷艇、は創設以来日尚ほ浅く各国海軍に於て、其実務に服し得るや否やは、目下試験中にありて、果して世人の想像する如く、多大の功績を挙げ得るや否やは尚ほ疑問の間にあり、其かたち葉巻発表箱に類似し、全体薄き鋼鉄を以て造られ、長さ六十呎乃至百呎に及び、其階級に従ひて百二十噸より二百噸に達す、而して常に八乃至十浬の速力を以て、水面より凡十呎の下を潜行するを得るは、此艇の特色なり、此艇は各国の海軍各其内部の構造を異にし、皆秘密に、競ふて其功績を大ならしめんと期しつゝあるなり。

〈注〉

（1）坂本浩氏が国木田独歩・人と作品」（有精堂　昭和四十四年六月）で、〔「軍艦の種類」は一水兵が少年に語る形式をとっていて、会話に平易な口語体を用いているが、これが独歩が口語体を用いた最初であると思われる（一〇一ぺ）〕と指摘されている。

（2）拙論　国木田独歩の「軍艦の種類」（『解釈』二四三号　昭和五十年六月）で、原本の存在を紹介した。

七　国木田独歩と宮崎湖処子

はじめに

国木田独歩と宮崎湖処子とが、田山花袋・柳田国男らと共にその声価を世に問うたものに合同詩集『抒情詩』（明治三十年四月　民友社）がある。ほかにも『青葉集』（明治三十年十一月　文盛堂）、『山高水長』（明治三十一年一月　増子屋書店）等が合著としてあるが、独歩・湖処子らが、自分たちの手で出版したのはこの『抒情詩』が最初であり最後であった。『抒情詩』刊行を境として、独歩は文壇に登場し、湖処子は文壇から離れるのである。

当時すでに、湖処子は「帰省」（明治二十三年六月　民友社）によってその文名を動かぬものとしていた。正宗白鳥は徳富蘇峰との対談で、〈宮崎湖処子の『帰省』なんかは非常に愛読した〉（一世紀を生き抜く法）と語っている。

独歩と湖処子とは、民友社を母体として活躍した作家であるが、独歩が東京専門学校在学中に湖処子はすでに民友社の社員で（入社は明治二十一年十二月）、『国民之友』に小説を発表していた。独歩が民友社の社員となるのは、明治二十七年九月で十七日の「国民新聞」に雑報を書いたのが初仕事であった。

独歩と湖処子とがはじめて名を連ねたのは青年文学会であり、その時から独歩は湖処子を目標として歩み始める。湖処子が東京経済雑誌に掲載した「国民之友及び日本人」（明治二十一年十・十一月掲載　同年十二月集成社より刊行）によって、蘇峰に認められ民友社に入社して作家となったと同じ道を独歩が歩もうとしている。結果的には独歩も、国民新聞記者から国民之友編集者を経て文壇に登場するのであるが、目の前を行く湖処子を批評することによって文学論を確立していこうとするのである。

山田博光氏は「湖処子と独歩」（『言語と文芸』六十三号）において、独歩の「帰去来」（明治三十四年五月一日『新小説』）と「河霧」（明治三十一年八月十日『国民之友』三百七十二号）とは、湖処子の「帰省」の影響から執筆されたと指摘され、〈今日客観的な眼で独歩文学の系統をさぐれば、湖処子に行き当たらざるをえない〉と独歩文学の根源が湖処子にあるとされた。

独歩が湖処子の作品に影響を受けたことは事実であろうが、明確なことは湖処子を批評することによって自己の立場を確立しようとしていることである。明治二十五年十一月十五日発行の「青年文学」十三号に発表した「田家文学とは何ぞ」は、独歩が湖処子を批評した最初のもので、明治二十八年三月二十一日から四月二十一日の「精神」五十四号から五十七号に四回連載した「苦悶の叫」は、湖処子の「ヲルヅヲルス」(明治二十六年十月民友社)を攻撃したものである。

かくして独歩は湖処子を目標とし、湖処子の論を踏まえながら、自らの『田家文学論』『ワーズワース論』を確立しようとしたものと考えられるのである。

一

前にも述べたように、明治二十三年十月五日麹町富士見町一丁目五番地で開かれた青年文学会設立発起人会が、国木田独歩と宮崎湖処子との交流の始まりである。「青年文学雑誌」一号(明治二十四年三月六日)の記事によると、青年文学会発起人会の席上、湖処子は委員に選出され記録主任となっているが、独歩は発起人の一員として参加したということだけが記されているだけである。

青年文学会は徳富蘇峰を後見として、民友社、国民新聞、報知新聞等の青年社員および東京専門学校、錦城学校、第一中学校等の学生たちが会員であった。

稲垣達郎氏は「青年文学会例会」で（学習研究社版全集＝以下全集＝第八巻月報）青年文学会を、〈新文学をめざす青年らの文学勉強会で〉〈国木田独歩は、その結成に参画した有力なひとりだった〉と指摘されている。

青年文学会発起人会が開かれた時、独歩は東京専門学校英語政治科在学中で、明治二十年四月上京後、東京で学生生活を送っていたが、はっきりと将来の目標が決まっているわけではなかった。一方、湖処子は明治二十年十月「日本情交之変遷」を末兼八百吉名で刊行、翌二十一年十二月集成社より「国民之友及び日本人」を刊行し、これによって徳富蘇峰に認められ民友社の社員となった。

吉田精一先生は、「宮崎湖処子（1）」（『解釈と鑑賞』昭和四十一年一月）の中で、

　ともかく蘇峰は湖処子の文才と批評眼とをみとめ、民友社同人の列に加えたのである（中略）当時として湖処子が一流の良識者であり、社会的関心も視野も広く、学識も、浅からぬ能文家であったことは否定できない

と湖処子の民友社入りを論じておられる。

湖処子が著作によって徳富蘇峰に認められたのに対して、独歩は青年文学会の席上、友人から蘇峰に紹介されている。明治二十四年一月十八日の日記に、

外神田大時計前福田屋に開く青年文学会に出席す。蓋し委員の任に在るを以て衆に先ちて至りしなり。此之日坪内逍遙先生徳富猪一郎氏出席せらる。水谷真熊君之紹介以て徳富君に近づく（傍点筆者）

とある。青年文学会の委員ではあっても役職にも就かず、蘇峰に知られてもいないことからすると、参加当初は委員とは名ばかりで雑務係であったのかもしれない。

独歩は、明治二十四年五月から翌二十五年六月まで山口県に帰郷した。帰郷中の明治二十四年六月二十三日の日記に、

午後経済雑誌及福音新報来り之れを読む、先に投稿せし経済雑誌社及民友社てふ論文、若し没書の運命に遇ふなくんば此ノ経済雑誌に載る可き葉都なるも、掲載しなきを見れば蓋し没書せられしならん。（傍点筆者）

と、東京経済雑誌に投稿した論文が没となったことを記している。湖処子が東京経済雑誌に発表した「国民之友及び日本人」によって蘇峰に認められたことから、独歩も「経済雑誌社及民友社」と題する論文が、東京経済雑誌に掲載されることで蘇峰に認められ、民友社に入社しようとしたのであろうと想像できる。明治二十四年十二月二十九日付、水谷真熊宛書簡（全集第五巻　書簡補遺十三）に、

僕も田舎に在り一勉強と思ひ居れども、家政経済の都合あり、思ふ事意外に出来ず、新聞社なりともはいり、せめては自活して立たんと考へ徳富氏に其週《ママ》旋を托したれど、今以て好都合なき由、申越され実は少々こまり居候、之れは打ちあけての話なり

と蘇峰に国民新聞社入社の周旋を頼んではいたが、うまく運ばないことを書き送っている。翌二十五年二月二十五日付、水谷真熊宛書簡（同右補遺十四）にも、独歩は新聞社入社の希望があることを次のように書き送っている。

僕此頃頻りに上京致し度く相成り候（略）殊に僕は近頃愈々自活して立ちたく候、実

> ハ僕の学資に金員多く費し家貧にして弟を西京に出すを得ずセメテは僕なりとも新聞社の片員にともなり学費を弟の身に注ぎ度しとの僕の打ちあけ情話に御座候(略)兎も角も新聞社の事丈ハ大兄徳富氏に御相談ありて何分宜しき様御尽力願上候

明治二十五年六月、独歩は弟収二と共に上京するが、水谷真熊に依頼した国民新聞社入社の希望は成らず、上京後青年文学会の仕事を手伝うかたわら「青年文学」に投稿を始める。

「青年文学」九号(明治二十五年七月十五日)に「書林に向ひての二注問」を発表後、明治二十五年中に五篇の論文を「青年文学」に発表したが、同誌十三号に発表した「田家文学とは何ぞ」は、独歩が湖処子の作品に批評を試みた最初のものであると同時に、自然文学に言及した最初のものでもある。

独歩は「田家文学とは何ぞ」を次のように書き出す。

> 吾国今日の文壇に於て、田家文学を代表せる者は則ち宮崎湖処子なりとす。然るに湖処子は、其の「帰去来」の中に曰く、「徒らに清浄無垢てふ小冠を戴く所の田家文人を以て甘心する能はざるのみならず高尚、優美、偉大、豪宏《ママ》等有ゆる詩趣を完ふせ

ずんば止まざるの抱負を懐く」と。吾人は茲に於て惑なき能はず。吾人は二個の問を有す。曰く果して田家文人てふ称号は、抱負大なる文学者の戴くを甘ぜざる程の小冠なるか、曰く田家文学に在りては、終に高尚偉大優美豪宏《ママ》等の詩趣を尽す能はざる乎、之れなり。一、以て之れを掩ふ時は「田家文学とは価値少なき——湖処子にすら終に愛憎尽かさる程の——文学なるか、の問是れ也」

独歩は〈田家文学を代表せる〉湖処子が唱えた田家文学論に自問自答しながら、自らの田家文学論を明らかにしようとするのである。

二

「田家文学とは何ぞ」で独歩が引用した湖処子の「帰去来」は、明治二十五年八月二十四日から九月十八日まで「国民新聞」に十一回にわたって連載された。「帰省」と同時に都会生活者が帰郷するという内容で、「帰省」以後の主人公(湖処子)が東京から故郷へ帰る動機と、道中での見聞および故郷に対する憧憬を描いたものである。

湖処子は「帰去来」の中で〈西邱子又は渠〉と称し、湖処子が文壇に登場した時のことを次のように書く。

渠は故郷文人なり。渠か始めて文学舞台に登場するや、渠は帰省の詩を携へて来りしなり。渠か田家小説を著はすや、毎篇盡く自家幼児見聞せし所の世情人事の変遷にして、空屋の作亦其主人公を自個の独楽の友に取れり、今や渠か名は、故郷てふ語と殆と同一意味を有するに至りしなり(『出門　其二』[1])

「帰省」発表により高名となった〈渠〉は、都会の〈名誉の戦場を馳駈すること三年、目落ち肉耗えて顱顬のみ骨立[2]〉つ状態に陥り、〈我を活かすは唯故郷あるのみ[3]〉と日々望郷の念を抱き続ける。そして、

西邱子一日其幼弟を携へて屋後の高丘に上り、遙に夕陽の西没み浮雲亦日を趁ひて家郷の天際に向ふを見、帰思勃然として起り来り(『出門　其四』[4])

帰郷の途につく。東京より四日市まで舟路をとり、故郷に入った時に、

其面背に来る一景一勝を攬る宛ら懐かしき旧知己を数ふる心地しつゝ、渠も亦知らず識らす十年前の渠に反りしなり（『道上　其四』[5]）

との感想を記し、

嗚呼都会に在ること既に十年、家あり妻あり子あらむとし、功名天下を驚倒せしむ大望を懐きて暫く帰れる西邱子を以て、今も猶ほ稚児として愛て慈《ママ》くしも慈母の愛なり（『帰郷　其二』[6]）

と結ぶのである。東京から父の墓参のため帰郷し、理想の妻を娶った「帰省」以後の都会生活に疲れた主人公が帰郷し、故郷の景色と母親の愛情に安らぎを感ずる内容である。「帰省」が二十数版を重ねたのに、「帰去来」は「国民新聞」に発表されただけで刊行されなかった。

湖処子は「帰去来」の中で、

故郷は渠か詩神の在る所たり（中略）其の安らかに舒ひゆく水、其の平かに聯なる山、曖々たる遠村の烟、馥郁たる渓間の花、日夕野に満つる農談、樵歌、牧笛、童謡情話等、大凡渠か観念と表裏を相成す所の平和の景色、満足の気象は、渠を鋳治して田家文人たらしめたる（『出門　其二』[7]）

と故郷を描写し、さらに、

徒らに清浄無垢てふ小冠を戴く所の田家文人を以て甘心する能はざるのみならず、高尚、優美、豪宕、偉大等、有ゆる詩趣を完ふせずんば止まざるの抱負を懐き、事成らずんば大望の骨となって土中に入り、大望の草となって墳墓に生せむの素志を有せり、然れども其の未だ他が熟せざるの間は、依然たる田家文人を以て満足するを恥とせざるなり（同右）

と田家文人を論ずるのである。これに対して独歩は、「田家文学とは何ぞ」で湖処子の田家文学論を批評し、次のように論ずる。

夫れ田家文学とは何ぞ、文人其の詩想を田家の裡より求め、之れを現はすに田家の材料を以てしたる者と、解釈して可なりと吾人は信ず。若し果て然りとせば、田家文学未だ容易に侮る可からざる也。質朴なる生活天真の人情、健全なる肉体、神聖の労働、自由の乾坤暁星、山月、森林、渓流、郊野、等の自然の美、凡て斯の如き者は田家の本色なりとす。若し夫れ、微妙玄通、絶代の詩眼を以てせば、由って以て高遠なる理想人生の真趣を説明し能はずとせんや

独歩が「田家文学とは何ぞ」で〈詩想を田家の裡より求め、之れを現はすに田家の材料を以てしたる者と、解釈〉するのは、湖処子が「帰去来」で故郷を描写した『出門　其二』に基づいていることは明らかである。しかし、湖処子の「帰去来」には描かれていない〈質朴なる生活・神聖の労働〉等を〈田家の本色なり〉とする独歩の田家文学論は、後の独歩の小説の基調となっていることに注意しなければならない。

独歩は明治三十四年五月一日「新小説」に「帰去来」を発表した。湖処子の「帰去来」と同名であり、都会生活者が帰郷し、田舎の生活に平和を見出すことでは一致している。だが、湖処子の「帰去来」は、主人公が東京から故郷に帰ったことで終わっているのに、独歩の「帰去来」は主人公の吉岡峯雄が恋人の溺死によって結婚することができず、

戦闘！　さうだ戦闘こそ人の運命だ。たゞ夫れ戦闘それ自身が人の運命だ。行かう、
　明日立たう、明日！（其十九）

と、理想と現実の葛藤に苦しみ、都会へ戻らざるを得ない主人公を描いている。

独歩の「田家文学とは何ぞ」と「帰去来」との間には、約十年の隔たりがある。「帰去来」は、その間に二度の結婚を経験した現実をもととして描いたものであるが、明治二十五年に発表した「田家文学とは何ぞ」における主張は、変わることなく作品中に描かれている。

独歩の「帰去来」は、山田博光氏が指摘されているように（前出『湖処子と独歩』）、湖処子の「帰省」の影響を受けて執筆されたと考えられているが、「帰省」にだけ影響を受けたものではなく、独歩が「田家文学とは何ぞ」において湖処子の「帰去来」を批評して以来抱き続けた、自然と生活との融合、理想と現実との葛藤が田家文学の本質であるということを描こうとしたものなのである。

三

午後は湖処子作ウォルヅウォルス伝を読みて読み了はりぬ。此書は両三日前徳富氏より、平民叢書八冊十二文豪を四冊贈られし中の一ツなり

右は「欺かざるの記」明治二十六年十一月四日の記事である。湖処子は同年十月民友社から「ヲルズヲルス」を刊行した。独歩は湖処子の「ヲルズヲルス」を「信仰生命」(『独歩遺文』明治四十四年十月三日　日高有倫堂)の中で、

余此のごろ湖処子の著、ウォーヅウォースの伝を読み、深く真詩人と空詩人との由りて分かるゝ処を感じぬ。ウォーヅウォースは真詩人なり。湖処子は空詩人なり。余は此の如き空人物に由りて此の真詩人が吾国に紹介せられたるを残念に思ふ(中略)湖処子はウォーヅウォースの信仰の主観的自白をば生意気にも排したり(中略)湖処子には自家の田園的趣味を以て此の自然を料理せんとはする也。彼は全然ウォーヅウォースを知る能はず(8)(傍点筆者)

と攻撃している。「信仰生命」は独歩の没後公表されたものであるが、「信仰生命」中に記す日記五月十八日の、

吾今寂漠の谷を独歩し帰りて此の筆を採る也

から同日のすべてと、翌五月十九日の、

嗚呼森これ名何ぞ、吾と何の関する処ある

から、

寂漠の境に吾が情は只だ荒れ只だをのゝく。嗚呼愛何処にある、美何処にある

までが「欺かざるの記」明治二十七年五月十八、十九日の記事と重複していること、「信仰生命」中に〈此のごろ湖処子の著、ウォーヅウォースの伝を読み〉とあることから、起筆は明治二十七年五月以後と考えてよいであろう。

「信仰生命」は旧友今井忠治に宛てた書簡体で書かれ、五月十八、十九日の日記以下を、

友よ、君は必ず此の乱文たるを捨てずして精読せらる可きを信ず。願くば精読せられよ。

と続ける。「欺かざるの記」明治二十七年六月七日に、

本日登校を止め、今井氏に与ふる書を記して只今(夜十時)まで費す。書する処は吾が近頃の思想なり、大約此の日記中に現はれし処なり

とあるので、〈今井氏に与ふる書〉が「信仰生命」であることは明らかである。[9]〈今井氏に与ふる書〉を明治二十七年六月七日以降、同年八月十八日まで書き続け、清書して送ったことが「欺かざるの記」から明らかである。

独歩は明治二十八年三月二十一日から四月二十一日まで、「精神」五十四号から五十七号まで四回にわたって「苦悶の叫」を発表した。「苦悶の叫」は「信仰生活」の内容の一部を変え、題名を改めて発表したものである。「信仰生命」では〈今井君足下〉となっているところが〈〇〇君足下〉というように伏せられ、「信仰生命」が〈湖処子〉を名指し

していたのに、「苦悶の叫」では〈某氏〉と湖処子の名が伏せられている。さらに「信仰生命」に引用したエマーソンの「オーバーソール」の英文が、「苦悶の叫」では邦文に直されている。「苦悶の叫」にも「信仰生命」に記されていた、「欺かざるの記」明治二十七年五月十八日の記事がそっくり記されている。しかし、「信仰生命」にはない。

　　親愛なる友
○○君足下　君と余とは一朝の交に非ず、十年心交の友なり

から、

　而も其の曖昧なる所以は、吾が心霊殆んど地上先入の感染に埋葬せられたるが故なることを発見するに当りて益々此の熱望の熾なるを見ゆ

までの冒頭の文が付されている。そして、その中にワーズワースの「逍遙遊」の原文を引き、さらに明治二十七年五月二十四日の「欺かざるの記」と重複する。

明言す、吾と宇宙との関係は甚だ曖昧なり。故に明言す。吾は喜ぶ可き権利なく、恐る可き理由なく、怒る可き権利なく、誇る可き権利なし

の記事も記している。そして、「苦悶の叫」の最後を、

余が此の答を君に与ふるには、更らに数月の後を以てせんとす

と結んでいる。「信仰生命」の原稿ができていたものを、「苦悶の叫」と題して発表する際に、今井忠治と宮崎湖処子の名を伏せ発表したものであり、「信仰生命」は「苦悶の叫」を発表した明治二十八年四月以降も書き続けたものである。

「信仰生命」では〈湖処子〉を名指して、湖処子の「ヲルヅヲルス」を攻撃したのに、「苦悶の叫」では〈某氏〉と名を伏せたことは、発表に際して独歩の湖処子に対する後輩としての立場を考えてのことであろう。

独歩がワーズワース詩集を手に入れたのは、明治二十五年九月である。同年十一月に発表した「田家文学とは何ぞ」中にワーズワースの「ミカエル」を引用しているが、これは「国民之友」百十八号(明治二十四年五月十三日)の「藻塩草」に発表された山田美妙訳の

「韻文　山の翁」であって、独歩の訳ではない。独歩がワーズワースに没頭したのは佐伯時代であるが、ワーズワースに傾倒した原因の一つに湖処子の「ヲルヅヲルス」を読んだことが挙げられよう。佐伯到着後間もなく蘇峰から贈られた「ヲルヅヲルス」に啓発され、ワーズワースに没頭していき、「信仰生命」で、

彼は全然ウォーヅウォルスを知る能はず

と攻撃したのは、この頃になって独歩がワーズワースの詩を深く理解するに至った自信から発したものであったと考えられる。

四

独歩と湖処子の親交は明治二十九年九月、独歩が渋谷の山荘に移転してから頻繁となる。渋谷時代における田山花袋との出会いはあまりにも有名であるが、花袋は「渋谷時代の独歩」(『趣味』明治四十一年八月一日)中で、当時の独歩と湖処子について、

湖処子と独歩君とは、民友社の方の関係から、其の頃は最う深懇意であった

と記している。湖処子と花袋はすでに松浦辰男を中心とした短歌会、紅葉会で同門であり、同会には松岡(柳田)国男、太田玉茗等が属していた。湖処子は「民友社時代の独歩」(『趣味』明治四十一年八月一日)中で、紅葉会と独歩との関係を次のように記している。

国木田君も、歌は読まなかったが和歌の精神に触れやうと言う目的で仲間に這入った。その中国木田君の発議で新体詩集「抒情詩」を発刊した。

また、柳田国男は「故郷七十年」中で「抒情詩」発刊について、

才気のあった国木田独歩が、六人の詩を集め、国民新聞にゐた関係から、民友社に話をして出したものであった。全部国木田まかせにしたわけである(中略)この六人の組合せは、国木田の考へによった

と回想している。湖処子も柳田国男も、「抒情詩」は独歩の発案であることを記してい

る。「抒情詩」の版権が独歩ら六人であることについて、湖処子は前出「民友社時代の独歩」の中で、

これを出すに就ては、書肆がこれまであまりに利益を壟断するといふことを心外に思って一つ版権をこちらに取って置かうといふので民友社と非常に面倒な交渉に交渉を重ねて遂に版権を取ることになったのである。

と版権を民友社から同人たちに移した経緯を記している。「抒情詩」の編集者が湖処子宮崎八百吉となっていることは、笹渕友一氏が「『抒情詩』について」（明治文学全集月報七十二）において、

既に個人詩集「湖処子詩集」（明治三〇・一・二〇）その他の詩業を公にしている湖処子のキャリアに敬意を表したものであろうか

と指摘されているとおりであろう。しかし、独歩が「抒情詩」の実質上の編集者であったことは、湖処子と柳田国男の回想によって明らかである。

「抒情詩」は六人の詩の前にそれぞれが序を置いているが、独歩は巻頭の「独歩吟、序」の中で、

新体詩を以て叙事詩を作ることは必ず失敗すべきを信ず。此説に付きては坪内君已に言へり。故に初より覚悟して叙情詩の上にのみ十分の発達を遂げしむるに若かずと信ず。（傍点筆者）

と〈叙情詩〉の重要性を説いているが、他の五人の序に〈叙情詩〉または〈抒情詩〉の記事が見えないことから、独歩の発案で「抒情詩」の題名が誕生したと考えられるのである。(10)

五

独歩は湖処子を目標として出発し、「田家文学とは何ぞ」では湖処子に対する後輩としての批評であったのが、「信仰生命」では明らかに湖処子を攻撃し、「抒情詩」では同列に並ぶに至った。「田家文学とは何ぞ」から「抒情詩」刊行までの五年間に独歩は、佐伯

においてワーズワースの詩集から〈自然と人生の融合〉を学び、日清戦争従軍記者として国民新聞によってその名を世に知られ、佐々城信子との恋愛から離婚を経験した。この五年間は、独歩の三十七年間の生涯のうちの疾風怒濤の時期であったと言えよう。独歩にとって「抒情詩」は文学的出発の場であったが、湖処子は「抒情詩」を刊行した翌三十一年四月、多摩川でディサイプル派の宣教師により、洗礼を受けたことにより日本基督教会から批判され、以後文壇とは没交渉となるのである。

民友社系作家の先達であった湖処子を通して結ばれた、独歩と花袋は明治三十年代に文名を高め、独歩は徳富蘆花と共に自然派作家として世に知られるところとなる。

理想に終始した湖処子に対して、現実を見極めようとした独歩は、湖処子の批評を行うことによって彼の文学論を確立していったのである。

〈注〉

（1）国民新聞　明治二十五年八月二十四日

（2）注（1）に同じ。

（3）注（1）に同じ。

（4）国民新聞　明治二十五年九月二日

(5) 同紙　明治二十五年九月十四日
(6) 同紙　明治二十五年九月十八日
(7) 注(1)に同じ。
(8) 「苦悶の叫」では、〈某氏は自家の田園的趣味を以て此自然の詩人を料理せんとはする也。彼は全然ウォーヅウォースを知る能はず〉と傍点が付されている。
(9) 塩田良平氏「学習研究社版全集　第七巻・解題」
塩田氏は〈今井氏に与ふる書〉の原形と思しきものが「独歩遺文」に収録されたものであるとされ、さらに〈『独歩遺文』では『信仰生命』と題せられてゐるが、断片的に書きつがれたものだから、これはある一部分に対する題名だったかも知れない〉と指摘されている。
(10) 〈抒情詩〉の言葉がわが国で使われたことについて、「現代詩鑑賞講座」月報四(角川書店昭和四十四年二月)の「現代詩要語典」では、次のように解説している。
〈(前略)日本ではじめてこのことばが使われたのは、柳田国男・国木田独歩らの合同詩集『抒情詩』の題名である(後略)〉

八　「二少女」にみる電話交換手事情

一

国木田独歩は、「二少女」を明治三十一年七月十日発行の『国民之友』第三七一号に発表した。佐々城信子との離婚による傷心も癒えたようで、この年の八月六日に榎本治との婚姻届を提出している。

「二少女」は、後の「竹の木戸」や「窮死」の主人公が社会の底辺で貧困のために死ぬことを描く契機となる作品である、との指摘が従来からある。しかし、「二少女」の主人公お秀の生き方は死を意識させるものではなく、明日に希望を抱きながらけなげにも生きていこうとする姿で描かれる。

「二少女」の主人公のお秀と友人のお富は、東京電話交換局の交換手である。日本に電話が紹介されたのは明治十年のことで、ベルが電話を発明した(一八七六年)一年後にはすでに日本に電話が紹介された。

明治二十一年六月一日の「朝野新聞」に、

逓信省に於ては、女子を以て電信技手に宛てんとの議あり、既に試みとして数名を応用せしが、其の局側に差支へあり到底技手になしがたき由なり。尤も助手として技手の親戚の者に限りて応用する事になると云へり。

との記事があり、女子の交換技手の募集が始まっていることが知れる。

本稿では、独歩が「二少女」に登場させた電話交換手のわが国での事情をたどり、「二少女」を考察することとしたい。

二

明治二十二年二月十一日「時事新報」に、

電話に由て憲法を報ず。○時事新報にては、電話の力を借りて熱海に憲法の全文を、発布即時報道する都合なり。新報は独り熱海に厚きには非ざれども、只惜しむ可し、同地を除くの外は日本全国未だ何処も電話線の公開し居ざるを以て、他の箇所へは他の方法に由ることと定めざるを得ず。

と、電話において憲法を東京から熱海へ報ずることを記事にしている。これは、明治二十一年一月一日、東京と熱海に長距離電話線が設置されたことで、「時事新報」が新しい試みを新聞読者に報じたものである。

わが国における電話開設に関する国民の意識はまだ浅く、明治二十三年二月九日の「時事新報」では、次のように、東京における電話開設の応募者が少ないことを報じている。

電話局は＝無理矢理開始

電話交換の事は度々記載せる如く加入者はしからずして尚ほ三百の予定に満つるは愚か、漸く府下の分百余名にすぎざれども、ともかく一とまづ開始して実益を知らしむる筈にて、二十三年度即ち来る四月より支出すべき金額はすでに政府の認可する所なれば、即ち同月より着手し、おそくも五六月の交には一般の交換を開く由なるが、其中央交換局は差詰め日本橋電信支局を以て之にあて、開業早々は現在の各電信支局をして取扱はしめ、追々は純然たる電話局を所々に設置する都合なりと云ふ。偖又加入者の多少に拘はらず当二十三年より始めねばならぬと云ふ訳は、本年度の経費はすでに政府の認可する所なれども明年度よりは申す迄もなく衆議院の議にかゝり、加入者の有無多少に依り費途を増減する事故、本年より実際に試みて支出の額も定めざる可からざればなりといふ。

つまり、予算を計上しているから試験的にも実施しようとしていることが読み取れる。このように電話事業が開始され、明治二十三年四月十九日の官報には、「電話交換規則」が逓信省令第七号として発布された。

○電話交換規則左ノ通之ヲ定ム。
明治二十三年四月十九日
逓信大臣伯爵　後藤象二郎
電話交換規則

第一条　逓信省ハ必要ト認ムル市町ニ、電話交換局及電話所ヲ置キ、電話交換加入者ノ使用ニ供スル電話線及電話所ノ電話線ヲ電話交換局ニ湊合シ、又甲乙地間ニ電話線ヲ架設シテ電話交換ノ媒介ヲ為スベシ、但加入者ノ請求ニ依リ、其市町接近ノ地ニ電話線ヲ延長スルコトアルベシ

加入者ノ使用ニ供スル電話線及電話器ノ設置並其維持ハ逓信省之ヲ負担スルモノトス、但加入者ノ過失ニ由毀損シタルトキハ逓信省之ヲ修補シ、其費用ハ加入者ヲシテ弁償セシムベシ。

第二条　加入者ハ左ノ電話通信ヲ為スコトヲ得。

一　市町ノ内外ヲ問ハズ、昼夜ノ別ナク、加入者相互ノ直接ノ電話通信。

二　市町ノ内外ヲ問ハズ、規定ノ時間ニ於テ電話所ニ到ルモノト直接ノ電話通信。

三　規定ノ時間ニ於テ電報送受ノ為メ郵便電信局又電話局ト直接ノ電話通信。

第四条　何人ト雖モ規定ノ時間ニ於テ電話局ニ到リ、左ノ電話通信ヲ為スコトヲ得、

但其時間ハ逓信省ニ於テ之ヲ定メ、時々広告スベシ。

一　加入者ト直接ノ電話通信。

二　他ノ電話所ニ到ル者ト直接ノ電話通信。

第五条　左ノ電話通信ハ総テ五分時間迄ヲ以テ一通信時トス。

一　甲乙市町間相互直接ノ電話通信。
二　電話所ニ到ル者相互及電話所ニ到ル者ト加入者ト直接ノ電話通信。

このように、近代国家としての事業である「電話交換規則」は発布されたが、電話交換手にはまだ規定がなく、明治二十三年八月六日の「東京日日新聞」に、次のような記事が載った。

電話交換には婦人採用＝と決定
辰の口新設の電話交換所は、昼夜の休みなく事務を取扱ひ、又た各警察署消防署を始め医師も多く加盟したれば、急病火災盗難等不時の異変ありたる時など、其利用実に夥多しかるべしと云ふ。又電話の結附け方は総て女子を用ふることに決定し、一人百線宛を受持たしむるとの事なり。

また、明治二十三年十月三日の「時事新報」には、次のような記事が載った。

女電話交換手　晴れの男子職場へ　純正職業婦人侵入

　小学高等科を卒業せし婦人を以て電話交換の技手にあつるよしは嘗て本誌上に掲載せしが、今聞く所によれば、電話交換の事は追々諸会社其他より註文あり、殊に国会開場も差迫りて世務繁劇となるは目前にあるを以て右技手六十名程度募集する筈なれども、今一時に此人数に技術を伝習せんとするは容易の事に非ざる哉、差当り去る二十九日より六名の婦人を募集し、逓信省電務局に於て電話の次第を教授し居るよし、然し一週間の習練了れば又器械取扱方授け順次募集して遂に六十名に伝習するとの事なり、又此技手は始め雇とし、全く卒業の上は本官に登せ業務に従事せしむる積りなりと。

また、明治二十七年一月十日の「時事新報」に、次のような記事が掲載されている。

　逓信大臣は去る明治二十四年九月を以て制定せし電話交換手採用規程を廃止し、更に電話交換手を創定《ママ》し、本年一月一日より之を実行すべき旨を公達せり。今其の要領を左に抄す。採用の適否　電話交換手に採用すべきものは、左の各項に適合し、電話交換[手]採用試験に及第し、電話交換手見習を経たるもの、即ち(一)年齢十三歳以上、二十三歳以下の者にして、女子なれば夫なきもの。

交換手の給料と手当　電話交換手の給料は日給十二銭以上、二十五銭以下とす。尤も初めて採用する交換手は日給十五銭以下、但し男子交換手にして、夜中勤務をなすものは日給二十銭迄を支給す。

この記事で女子電話交換手の具体的な採用条件が判明する。（女子は十三歳以上、二十三歳以下で未婚の者、給料は初心者は十五銭以下であり、本採用者は十二銭以上、二十五銭以下、ただし、男子でも初心者は夜間勤務をする者は日給二十銭までを支給する。）

恐らく、交換手に採用されても女子の場合の昇格はなく、退職するまで平の交換手であったに違いない。電話交換手の募集は続き、明治二十九年十月三十日の「東京日日新聞」には、

目下電話交換局に於る局員は百三十余名なるが、其中交換手は女子七十名、男子三十二名にして、昼夜二分して職に従ふ都合なるが、追々電話数も増加し、殊に本月中には二百五十個丈架設の筈なれば、到底現在の交換手にては不足を告ぐるを以て、来月十日更に三十余名を募集する都合なりと云う。

との、新たなる電話交換手募集の記事が記載された。

さらに交換手の募集が、明治三十一年一月十一日の「国民新聞」に掲載されている。

女子の職業中最も割合能く、且つ高尚優美にして女子の性質に適当せる職務は電話交換手に若はなし、東京電話交換局に於ては、近頃事業拡張の為め多数の交換手を要する事となり、本月中旬までに申出の分は願書を受理する趣きなりと。

「女子の職業中最も割合能く、且つ高尚優美にして女子の性質に適当せる職務は交換手」であるとする「国民新聞」の記事は、いささか持ち上げすぎの感は否めないが、かなりの人気職種であったことがうかがえる記事ではある。

さて、電話が紹介された明治十年から、独歩が「二少女」を発表した明治三十一年までの二十年間のわが国の電話交換手の事情を新聞の記事を中心に見てきた。東京では明治三十年頃にはかなりの女子の電話交換手が募集され、採用条件と勤務条件などからして、人気職種であり女子にとっては花形職業であったであろうことがうかがえるのである。

三

「二少女」は、上・下からなる小説である。〔上〕では、お秀が住む芝琴平神社の裏手の長屋風景が描写される。「琴平社の中門通り」の「道幅二間ばかりの寂しい町」で、「平常、此の町に用事ある者でなければ余り人の往来しない所」の「人の住むで居ない町かと思はれる程」の「極く軒の低い家で、下の屋根と上の屋根との間に、一間の中窓が窮屈さうに挟まつている」家である。

お富から呼ばれたお秀は「今年十九、歳には少し老けて見ゆる方なるがすらりとした姿の、気高い顔つき、髪は束髪に結んで身には洗曝の浴衣を着けて居る」、一方のお富は、「目先は其丸顔に適好しく、品の良い愛嬌のある小躯の女」で、お秀が仕事先に五週間の欠勤届を出していたのが切れたので、上司の平岡からお富に聞きに行けと言われて訪ねたのであるが、内心は同僚たちが噂をしている「妾」になったのではないか、との危惧を捨てきれないで来たのであった。

お秀には弟がおり、今は熱を出して寝込んでいるが、姉のお秀は氷を与えることしかできない。お秀は全くの貧窮生活である。

そんなお秀の姿を見て、お富は自分の抱いていた危惧が杞憂であることに安堵する。しかし、だからといってお秀の生活が楽になる訳ではない。お秀の現実を受け止めることしかお富にはできないのである。

〔下〕では、お秀の身の上が記される。「交換手としては両人とも老練の方であるがお秀は局に勤めるやうになつて以来、未だ二年計りであるから給料は漸と十五銭」である。「電話交換手規則」にある「日給十二銭以上、二十五銭以下」からすると、お秀が東京電話交換局に勤めて二年ほどであるから、当時としては妥当な給料であったと考えられる。

高等小学校卒業後、父と母に死に別れ、お秀の下に妹と弟がいる。お富はお秀の部屋の中を見て、「この有様でもお秀は妾になつたのだろうか、女の節操を売ってまで金銭が欲しい者が如何して如此な貧乏い有様だらうか」と思い、思い切って職場で噂になっているお秀が妾になったのではないか、と問う。

お秀は「いくら零落ても妾になぞ成る気はありませんよ私にはそんな浅間しいことが何で出来ましょうか」と毅然と答えるのである。お秀の祖母がお秀に妾になるように再三言ってくるが、お秀は頑として受け付けないことがお秀の口から語られる。その後、二人はお互いの友情を確認しあい、お富は自分の家に帰っていくところで終わる。

これは、独歩の現実をそのままお秀に投影して描いたのではないかと考えられる。信子と離婚後の独歩は、小説家として生活することを決心したが、生活は無収入であった。お秀に独歩自身を投影させ、当時の社会事情の一部をも描いている。

しかし、信子との離婚後に新しい恋人である榎本治との生活に希望を見出したことは想像に難くない。

独歩が明治二十年四月、山口中学校を退学して、東京専門学校に入学以来（途中明治二十四年五月から二十五年六月まで山口に帰郷、また明治二十六年九月から二十七年六月まで大分県佐伯滞在の期間を除く）、「二少女」発表の明治三十一年七月までの東京滞在期間中、芝に住んだことはない。ただし、明治三十年一月十一日に独歩の弟収二が芝区に下宿している。明治二十八年十一月に佐々城信子と結婚後、二十九年四月に離婚をした独歩は、信子との復縁に躍起となっていた時であった。明治三十年四月、田山花袋と共に日光へ赴き、六月帰京したが、収二は転居していたため、麹町一番町に下宿する。この家の隣家に二度目の妻となる榎本治一家が住んでいた。

「二少女」の主人公、お秀の住む芝琴平神社裏の長屋の描写は、収二が下宿していた場所の描写であったことが考えられる。

さて、独歩が「二少女」の主人公お秀と友人のお富の職業を電話交換手としたことであるが、今まで見てきたとおり、明治三十年代の電話交換手に、女性の職業としてその職に就くことは、時代の先端を行く職業であったことが想像できる。

独歩は「国民新聞」従軍記者として、明治二十七年十月から二十八年三月まで「国民新聞」に従軍記を発表した。この従軍記により国木田哲夫の名が広く世に知られるところとなり、独歩は文学の道へと進むことになるのであるが、独歩はいつもジャーナリストの目で世間を見ていたことが考えられる。このような視点で、「二少女」で社会状況の変化を描くに至ったと考えてよかろう。

後年「窮死」における鉄道自殺を題材としたことも、わが国の社会状況の変化を誰よりも早く小説に取り入れようとする、独歩のジャーナリストとしての目が根底にあったからなのである。

九　新資料　詞華集『花天月地』『花月集』について

——独歩の詩の収録詩集——

はじめに

国木田独歩の詩は初出発表後、合同詩集に収録され、独歩没後『独歩詩集』として個人詩集が刊行された。

初出発表から各詩集までの校異については、学習研究社版全集（＝以下全集）第一巻解題に詳しい。

独歩の詩が収録された詩集を発行順に見ると次のとおりである。

『抒情詩』　明治三十年四月二十九日　民友社

『青葉集』　明治三十年十一月二十三日　文盛堂
『山高水長』　明治三十一年一月五日　増子屋書店（明治三十一年四月二十八日　同書店より翻刻発行）
『独歩遺文』　明治四十四年十月三日　日高有倫堂
『独歩詩集』　大正二年十一月一日　東雲堂書店

全集第一巻解題において、中島健蔵氏が、

生前発表の独歩の詩の大部分は、『抒情詩』『青葉集』『山高水長』の三つの詞華集の中にまとめられている（五八一ぺ）

と指摘されているとおり、全集第十巻の独歩の著作年表には、生前刊行された詩集としては右の三詩集のほかに詩集刊行の記述はない。全集第一巻解題において指摘されているとおり、独歩が詞華集にはじめて発表したと推測される詩は、ほんの数篇で(1)、ほとんどが旧作を再録しているものである。

独歩の生前、旧作の詩が再録された詞華集が右の三詩集以外にもある。『花天月地』『花月集』である。

本稿では『花天月地』『花月集』のそれぞれの収録作品を紹介することとし、後日機会を得て収録された独歩の詩について考察したい。

『花天月地』
縦十四・八糎　横十・六糎
「序」　一頁
「例言」二頁
「本文」二百六十四頁
発行年月日　明治三十二年七月十五日
編輯者　石橋愛太郎
発行者　岩崎鉄太郎
発行元　東京神田区大工町五番地
大学館

「序」は次のとおり。

詩は社会の精髄、時代の精神なり。彼の短歌俳句の久しく我国詩たりしか如き之なり。然れとも今后短歌の以て衰運は向ふ可く、俳句の以て大に進まさる可きよりして、社会の進運に対し社会の精髄、時代の精神たる可きものは果して如何なる形を以て現はる可きものとするか、所謂新体詩は如何、詩の思想は如何文体は如何声調は如何等深く之か研究を要するものなり。然るに所謂新体詩の世に出てゝより茲に僅に十数年、未だ以て国詩として大に揚るものなく、其幼稚や実に歴然たるものあり。今にして深く之を研究せす、之を保育発達せしめずんは亦如何ともす可らさるに至らん。即今其研究に資せんか為、多数の思想、幾多の文体、種々なる声調を有する幾十の新体詩を抜き来りて比較研究の料に供す、是当に故を温めて新しきを知るの為に出てたるもの、適以て国詩界に対し些美の貢献たるを得んか、敢て本書の微意を記し以て序となす

松　蘋　誌

「例言」は次のとおり。

一　本書収録せるは世の韻文新体詩研究の士に資し併せて読詩家の愛読に供せんとてなり、故に世人が口の膾炙せるものは之をとらず、流行せるもの必ずしも名詩なら

されはなり寧ろ隠れて現はれさる名詩のみを収め専ら詩風の体と様とを比較研究するの便に供す。敢て当時に喧伝されしものなきを怪む勿れ。

一　本書は専ら我新体詩の過渡時代のものをとれり、敢て古きは之をとらず又敢て新しきも之をとらず、二十七八年頃より三十年迄の間を標準とし又此の時代の風潮に似たるものは新古供に之をとれり、晩翠氏の如きは少しく新しと雖比較研究の上には便宜多しとて取りぬ。

一　本書分つて七つとす春の日、夏の夕、秋の夜、冬の朝、恋、離別、雑とし付録に批評四篇を添ふ。詩の全体は殆んど恋に包まると雖詠物、劇詩感慨、輓詩等のあるあり、今大方の恋をすてゝ少しく恋の部に収め他を時に配し離別と雑の部に多くの種類を尽しぬ。

付録は即此過渡時代の風潮を論評するものゝ中より四篇をとりて之を収む第一篇は此時代の以前の面影を窺ふ可く以下は出来事と風潮を見るべし

一　本書は先づ過渡時代をとり之を中堅とし追ては前后相次き新古を加へ以て完全なる新詩の経過を残す可し、希くは編者の微衷国詩界への貢献其時に至って全からんかな。

一　本書の材料は或は文学界或は反省雑誌或は世界の日本等其他によりたるものあれ

ば敢て茲に謝す

編者述

「目次」は次のとおり。

菫の床　太田玉茗
花に嵐　同
はなれ駒　同
潮音　藤村
舞子の浜　佐佐木信綱
　夏の夕
この夕　藤村
夏の夜　同
緑の陰　同
新緑　佐佐木信綱
氷うり　同
里の夕立　緒方流水
蛙の声　藤村
広瀬川　晩翠
　秋の夜
秋の夜　国木田独歩

わが星　同
秋風の歌　藤村
秋の蝶　塩井雨江
妻とう鹿　玉茗
朝がほ　（ママ）
むしの音　天真
盆祭　鉄幹
魂まつり　羽衣
ひとつ家　田山花袋
　冬の朝
朔風　湖処子
さよ時雨　雨江
冬の夜　鉄幹
年のくれに　羽衣
冬四つの小琴の内　みずほのや
恋

恋　羽衣

同　独歩

もり陰　花袋

湖畔雑吟　同

園の清水　松男

日の夜　同

夕月夜　花袋

雞　藤村

我かさほ姫の君に　松男

離　別

別れ路　馬場孤蝶

僧元恭を送る　鉄幹

さらば君　酔茗

うしろ影　同

雑

四季　竹の里人

髑髏舞　羽衣
籠鳥の感　晩翠
むかしにて　雨江
蒼若を懐ふ　竹の里人
中野逍遙をおもひて　佐佐木信綱
わか友　独歩
彼君　同
うたかた　羽衣

「目次」は以上で終わるが、本文では「うたかた」の後に次のように『雑』の詩が続いている。

母の遺骸にむかひて　鉄幹
母を葬るのうた　藤村
墓上の花　晩翠
墓　花袋

山中の石　与謝野鉄幹
故径　藤村
やぶれ琴　雨江
はてなき海　独歩
俚歌に擬す　正岡子規
漁翁の娘　大野洒竹
淡路の少女　大和田建樹
雑　鉄幹

さらに「例言」にもある〔付録に批評四篇を添ふ〕とは次のとおりである。

新体詩に就きて　格文堂主人
新体詩の近況
新体詩人会
新体詩界

「雑」部の「母の遺骸にむかひて」から「雑」までと、「付録の批評四篇」の目次は落丁であろう。

『花月集』
縦十四・八糎　横十一糎
「はしがき」一頁
「例言」一頁
「目次」なし
（ただし、著者氏名（イロハ順）として作者名が記されている。）
「本文」　二百八頁
発行年月日　明治三十七年五月一日
編者　浮波庵主人
発行者　服部喜太郎
発行所　求光閣書店

「はしがき」は次のとおり。

秋漸く深うして燈下書に親しむべきの時とはなりぬ。長夜のつれ〴〵をかこちたまふ人々は言はずもあれ、さなきも、月花《ママ》集を繙きたまはゞ、秋天の光景一に月に籠ると同じく、名家大家の錦心繍腸は悉くこの小冊子にあり、彼の紫雲に駕して月殿に逍び、紅瀾に御して龍宮に遊ぶの感あるべし。明治己亥十月初旬書肆に代わりて

「例言」は次のとおり。

一　本書に収めたる諸編は著者及関係者の許諾を得て帝国文学其他諸冊子中より転載したるものなり

一　載録の序次は原稿確定順に依る

一　初め本書を編せんとするや編者は各作家の与へらるゝ稿を収輯するの心算なりしが或人の曰くそは徒に作家の煩累たるのみ寧編者自ら採択して著者の許諾を乞ふにしかずと依てその言に従ひしもの少なからず然りと雖も編者素養なく且見聞の狭き或は該作家の著作物中却って佳ならざる作を撰みしものなきにしもあらざるべし是

れ編者の陰に痛心する所なり
星ケ岡祠畔浮波庵に於いて

編者漁仙しるす

『花月集』発表順の題名と作者は次のとおり。

冬の向島（随筆）　竹の家主人
俳句　尾崎紅葉
すみぞめ（詩）　斎藤緑雨
利根川の一夜（随筆）　島村抱月
白磁花瓶賦（詩）　島崎藤村
俳句　正岡子規
もくづ（小説）　笹川臨風
眼前放吟（歌論）　大町桂月
かぐや姫（詩）　蒲原有明
口のとが（小説）　後藤宙外

腐敗せる部分（評論）　内村鑑三
深山の花（詩）　塩井雨江
鮓の句（俳論）　高浜虚子
盧かり（紀行文）　伊原清々園
現時の美術評論家（評論）　林田春潮
梅花譜（俳論）　佐々醒雪
たき火（詩）　国木田独歩
古賀狂生の事を記す（随筆）　堺枯川
白川の花売（紀行文）　生田葵山
塩瀬船（詩）　武島羽衣
鹿笛の音（小説）　貘姑射山人
船たび（小説）　杉谷代水
天の橋立を観る（紀行文）　遅塚麗水

『花天月地』に収録された独歩の詩は、「秋の夜」「わが星」「恋」「わか友」「彼君」「はてなき海」の六篇である。それぞれの初出発表と以後の収録については次のとおりである。

「秋の夜」　明治三十年十月十日「国民之友」第三二巻三百六十二号　『青葉集』
「わが星」　明治三十年十月十日「国民之友」第三二巻三百六十二号　『青葉集』
「わか友」　明治三十年十月十日「国民之友」第三二巻三百六十二号　『青葉集』
「彼君」　明治三十年十月十日「国民之友」第三二巻三百六十二号　『青葉集』
「恋」　『青葉集』(1)
「はてなき海」　『青葉集』(1)

『花天月地』には、詞華集『青葉集』に収録された作品のみが再録されたことになる。『花月集』に収録された独歩の詩は、「たき火」のみである。

「たき火」は、明治三十年八月一日発行「反省雑誌」第一二年七号に発表後『山高水長』『独歩詩集』に収録された。なお、「たき火」については同題の小品が明治二十九年十一月二十一日発行「国民之友」第十九年三百二十三号に発表されている。

〈注〉

(1)　学習研究社版『国木田独歩全集』第一巻解題中で、中島健蔵氏は、

『青葉集』は、明治三十年十一月二十三日、文盛堂発行。石橋哲次郎編。菊半截判横型假綴、三二六ページの詞華集であった。国木田哲夫の署名の分は、『青葉集』の末尾に収められ、「若き旅人」以下「彼君」にいたる十篇が、本全集ではそのまま再現されてゐる。そのうち、五篇（「若き旅人の歌」、「恋」、「厭世的楽天家の歌」、「絶望(去年の夢)」、「はてなき海」は、現在までのところ、それ以前の発表が見當らないので、『青葉集』初出とも考へられるが、その点になほ疑ひが残る。（五七九ぺ）と指摘される。

十　「女性禽獣論」

――母親の投影をめぐって――

はじめに

独歩は「病床録[1]」の中で、

女は禽獣なり、人間の真似をして活く

との『女性禽獣論』を唱えた。青年時代の佐々城信子との恋愛から結婚、そして離婚までの経緯と、数多くの恋愛感情を記した「欺かざるの記」を残した作者が、口にしたものとは思えないほどの女性蔑視の言葉である。
独歩のこのような『女性禽獣論』が発生し来たった原因は、どこにあるのか。
この問題をめぐって、坂本浩氏は「国木田独歩[2]」中で、

信子に『不幸なる精神的不具を明識せしめ』て、彼女を善導しようと考えていた独歩は、この作(注—『鎌倉夫人』)に於いても鎌倉夫人に忠告しようという気持が一寸動いたが、くるりと背を向けてしまっている。小説自体としては不完全なものであるが、作者の女性観を見る上には忘れてはならない作品である。これが独歩が晩年に語った「病床録」の女性観へと発展していったのである。『女は禽獣なり、人間の真似をして活く』これが有名な女性禽獣論として天下に知れわたるものである。

と、信子との別離が独歩の『女性禽獣論』へと発展していったものと指摘された。また、
塩田良平氏も「日本近代文学体系⑩[3]」解説中で、

女子禽獣論を振り回したのもある意味では信子の印象への抵抗である。

と、これも信子に『女性禽獣論』の源があるとされているのである。

一方、信子ではなく母親まむに対する憎しみが原因であったと指摘されたのが勝本清一郎氏で、「座談会　明治文学史」[4]中で、

父親のほうに固着して、母親のほうに憎しみや敵意を持つほうのタイプですね。それが独歩の作品全部を貫いていています。

と独歩が母親に憎しみを抱いていたとし、続けて、

おっかさんがなんだかわけのわからない男といっしょになって自分を生んで、また国木田家に、ちゃんとした士族の家柄にきたというので、おっかさんに対しての憎しみのほうになる。そこで女って者は、けっきょくあてにならないという思考が形成されてゆく。「女は禽獣の一種なれども」という書翰文が没後発表されているんですね。

と、独歩の母まむに対する憎しみが女性蔑視の原因であるとされている。

さて、独歩の『女性禽獣論』は明らかに、女性に対する『蔑視』『憎しみ』が含まれて

いるに違いないが、それは信子に対する『蔑視』や実母まむに対する『憎しみ』に端を発しているのであろうか。

佐々城信子との離婚後の独歩が、信子の背信をバネとして作品に昇華したものが坂本氏の指摘される「鎌倉夫人」(5)である。しかし、信子だけが独歩の『女性禽獣論』の源ではなく、信子の母である佐々城豊寿の姿も同時に意識されていたと考えられるのである。

勝本氏が指摘される、実母まむに対する『憎しみ』が独歩の女性蔑視の出発点であるとの指摘は、これを容認することはできない。

佐々城豊寿と比べて、独歩の実母まむに対する感情は慈母に対する愛情意外考えられず、勝本氏の指摘される独歩出生に関する母まむへの独歩の感情も、決して『憎しみ』とは考えられないからである。

本稿では、独歩の唱えた『女性禽獣論』に生母まむ、佐々城豊寿がどのように投影しているかについて考察したい。

一

独歩の唱えた『女性禽獣論』は、恋愛体験の相手だけを対象としたのではなく、女性を一般的にとらえていたものである。そこには独歩と恋愛した相手との間に介在した母親も含まれている。

「一句一節一章録」(6)中で、

いつも此惨酷な仕うちを女の母がつとめるものである。恋はいつも母親が破るにきまって居て、いつも又、其仕うちが女丈けに蛇のなま殺しと同じこと、二人の苦痛は久しく長く深いとは情けないことである。

と恋愛中の女の母親の惨酷な仕うちを記している。この「一句一節一章録」は、再婚した榎本治との恋愛中に記したもので、そこにはすでに離婚した佐々城信子との恋愛から離婚の経験と、信子の母親豊寿に対する回想も同時に記されている。また、治との恋愛の途中での母親の介在も同時に記していると考えてよかろう。

さて、独歩は「畫」(7)の中で、

予は此頃小川町の某畫舗に一枚の畫を見出しぬ。そは椅子の上に二人の小児、一個は四歳計りの女児、一個は二歳計りの緑児、相並んで眠り、母と覚しき一婦人椅子の陰に立ちて此なたを正視せる様を畫けるなり。（略）

然れども予は此畫に不満あり。そは小児の母小児をみずして吾等を眺むることなり。予は此母が眠れる小児を熟視して、其優しき眼の裡には処女も男子も決して想像し能はざる無限の哀思を包まんことを望むものなり

と、母子像についての感想を記している。多分にマリア像のイメージが感じられるが、そこから独歩の抱いていた母親像を知ることができるのである。

二

独歩の出生に関して現在は、一応国木田専八実子説をとるのが通説となっている。専八実子説・雅治郎実子説のいずれにしても、生母はまむであることは疑いのないことである。独歩は明治二十六年三月十四日の「欺かざるの記」に、

昨夜一首を得、曰く、

　初春の花見る毎に父母の、傾く年を独り寝に泣く

の短歌を記している。また、同二十六年三月二十三日の「欺かざるの記」に、

　「路得記」を聴き路得の母を懐ふて吾が母を懐ふの情に堪えず、黙然涙を呑むアヽ悲痛深絶の人情の声は爾の父母の中に聴かれん

と、旧約聖書の中の路得記を聴いて、ルツの母ナオミを懐うと同じに生母まむをも懐うと記している。さらに同日の「欺かざるの記」に次のような短歌を記している。

　今更らに此世の風の身に沁みて、いとど恋しき父母のひざ

独歩にとって両親は恋しい存在であり、特に生母まむは忘れることができなかったと考えられる。後年「女難」(8)中に、

　私は何故か尚ほ恋しくなって、母の膝にしがみ附いて泣きたいほどに感じました。私

は今でも母が恋しくなって堪らんのでございます。（三）

と、恋しい母親を描いているのも、『母を恋しくてたまらない気持ち』を平生、生母まむに対して抱いていたからにほかならないからであったろう。

独歩の友人斎藤弔花は「新潮　国木田独歩特集号」[9]中で、「鎌倉在住前後の独歩氏」と題して、独歩の思い出を次のように記している。

幼児の懐旧談を初め、自分の今日あるのは全く父母の為で、父母は不如意勝ちな手元を苦心して、自分と収二とを何不自由なく他の或る人の如く、内職や苦学などの真似をさせる事なく、学業を修得させて呉れた。自分は一念是に思ひ及ぶ毎に、父母の恩誼の大なることを切実に感じ、涙茫沱として下るを禁じ得ないと、その時も畳に伏して泣いた。単にそれは酔ふた上のみの言葉ではない。両親の恩誼に就いては、感情の熱烈な人だけに痛切に感じて、終始口癖に感謝の言葉を漏らして居られた。

独歩の両親に対する感情は、感謝に満ちていたことがうかがえられる一文であるが、晩年に至って独歩自ら「病床録」中で、

元来余は穏和なる家庭に懐ッ子として育ち、惨憺たる世路の苦痛を嘗め味ひたる事なければ(略)

母は情径行の人、余を盲愛するの他の何事もなし

と、幼児の家庭の回想と生母のことを記している。それゆえ「女難」中の、

母は全然私のために生きて居ましたので一人の私をただ無闇と可愛がりました。めったに叱ったこともありません。たまさか叱りましても直ぐに母の方から謝罪るやうに私の気嫌を取りました(略)

私は母を信仰して居ましたから母の言うことは少しも疑ひませんでした（三）

との母に関する描写は、独歩の生母まむに対する偽りのない気持ちが表現されたものと考えられる。

独歩が再婚した治夫人の思い出「国木田治子未亡人聞書」[10]によると、

子供の頃、国木田は山口の方にいて、その頃おばあさん(注―生母まむ)はずいぶん国木田を可愛がったらしいです。それに漢文や数学などを学ばせ、国木田も頭がよかったので、「偉くなれ、偉くなれ」と励ましたようです。

と独歩の幼年時代を語っている(なお、これは治夫人が独歩かまむのいずれかから話を聞かされたものの回想と思われる)。さらに、治夫人は続けて同中で、

国木田はおじいさんとは、喧嘩をしたのを見たことはありませんでしたが、おばあさんとはよくしていました。仲が悪いというのではなく、よすぎるのでしょうね

と独歩とまむの仲を語っている。

独歩自身は「我が過去」(11)中で、生母まむについて次のように記している。

我母は天性の善人にて在すなり。ことに我母は同情深きこと、普通の婦人以上なり。故に我も亦た同情の念、決して薄き方にあらずと自ら信ず

独歩は小説「初孫」[12]で、

仲のよい姑と嫁がどうして衝突を、と驚かれ候はんかなれど決して御心地には及ばず候、これには危々妙々の理由あることにて、天保十四年生まれの母上の方が明治十二年生まれの妻よりも育児の上に於いて寧ろ開化主義たり急進党なることこそ其原因に候なれ（略）

母上は例の何事も後へは退かぬ御気性なるが上に孫可愛さの余り平生は左まで信仰し玉はぬ今の医師及び産婆の注意の一から十まで真正直に玉うて、それはそれは寝るから起きるから乳を飲ます時間から何やかと用意周到のほど驚くばかりに候

と嫁と姑を描写する。天保十四年生まれの母、明治十二年生まれの妻、いずれもまむと治の生まれ年であり、孫に対するまむの愛情を独歩は巧みに表現している。「初孫」に描かれる母にほのぼのとした愛情が感じられる。ここからは勝本氏が指摘された、独歩の生母まむに対する憎しみや敵意を感じることはできないのである。

三

信子と離婚した年、すなわち明治二十九年八月十八日の「欺かざるの記」に、

彼の母に比ぶれば吾が母の心情のうるはしさよ。吾母は偽といふことを知り給はず、吾が母の情には誠実同情の気あふるゝが如し。吾が母には教育なきが故に理想てふもの ゝ影だになき故、志念は低き様なれども天性上品の人に在せば母を知る人の母になづかぬは稀なり。吾が心に彼の母をあさましく思ふ念みちあふるゝ也

と、生母まむの性格がいかに素晴らしいものであるかを記しているのである。生母まむに比較して記す「彼の母」とは、佐々城信子の母豊寿のことを指している。さらに同日の「欺かざるの記」中で佐々城豊寿について次のように記している。

彼の女の母はげに世にも卑しき性の女なることは益々我には明らかに成りまさりゆく。彼の女も此の母の性を少しは受けつぎたればにや、情の中に誠少なし。腹に墨あ

り。眼に手段あり。意地強し。これは正しき判断なり。彼の女の行末の不幸を予言し得るなり。

信子を指して「彼の女の行末の不幸を予言し得る」と断言する原因は、信子の母豊寿に信子の姿をあてはめてみようとしているところからの発想であることは明らかであろう。また、豊寿を「情の中に誠少なし」「腹に墨あり」「眼に手段あり」「意地強し」との形容をした独歩は、信子との恋愛に陥った時からすでに豊寿に対して好感を抱いてはいなかった。生母まむと豊寿とを比較した上で、豊寿をそのような母と断言したことは、独歩が生母まむを尊敬し慕っていたからにほかならないのである。

独歩と信子との出会いは、明治二十八年六月九日で、同二十八年七月二十九日の「欺かざるの記」には、

吾等は遂に秘密の交情を通ずるに至りぬ、これ全く嬢の母豊寿氏が邪推よりして遂に嬢と吾れとを駆りて茲に到らしめたる也。吾等は恋愛に陥らざるを得ざるに強いられつつある也。束縛は却って恋愛の助手のみ(略)

豊寿をして其の偏頗を吾が恋愛の前に行はしめよ

とあり、恋愛当初から豊寿に対する感情が好意的ではないことがわかる。当時独歩は国民之友の編集者ではあったが、社会的地位が高かったわけではなく、豊寿が娘信子との恋愛に反対した理由も、独歩の社会的地位の頼りなさが不安となっていたと考えられる。同二十八年十月七日の信子宛書簡で、

御身の夫は御身の母が加えた侮辱の言葉を聞き深く御身に語りたきもの有す（略）『あんな奴と何故に約束したるか』てふ如き言葉を聞き心頭火を発するの憤怒なき能はず（略）

斧孃の母曰く。豊寿さんの考えには御身を世の時めく貴人、才子、富者に嫁したく思へるが如し、と。思ふに婦人はよく婦人の弱点を知る

と、豊寿に対する怒りと、豊寿の考えを語った遠藤よき（注—信子の友人）の母の言葉を書き送っている。後に独歩が治夫人との恋愛時に記した「一句一節一章録」中で、

自分は自分で其のころ常時も思っていた、到底自分の如き人物は、普通の母親に知

られるはずないと、なぜならば自分は丸で普通の青年と其趣を異にして居るからで。つまり詩や哲学や宗教の領地に籍を置いて居（略）

「立身」とか「出世」とかいふ標語はあまり自分の耳には勇ましく聞こえなかった。（略）

氏無くして玉の輿に乗るといふが母親の娘に対する夢想である。「玉の輿」、自分のやうな人間は冷笑したくなる。いやしみたくなる。その様子が自分の挙動に出る。母親は益々自分をいやがる。

と恋愛中の娘の母親の考えを記しているのは、信子との恋愛中における豊寿の感情が反映されていることが明白であろうし、当時の母親の娘を嫁がす男の条件が語られていて面白い。

明治二十八年十月八日の「欺かざるの記」に、

彼の女は（注―豊寿を指す）誤解、不情、頑固、虚栄より出づる決心を以て吾等に当たる（略）

と、豊寿に対する敵意を記しているのである。さらに、同年十月十日の「欺かざるの記」に、

豊寿夫人は無類の剛性者なる故にこれを最後まで争う時は非常の事を起こすに至る

と、あくまでも豊寿に対して敬意を抱いていることを記しているのである。

独歩と信子は、豊寿の反対を押し切って明治二十八年十一月十一日、植村正久の司式によって結婚式を挙げた。同日の「欺かざるの記」に独歩は、

わが恋愛は遂に勝ちたり。われは遂に信子を得たり

と誇らしげに記すのであるが、約半年後の明治二十九年四月十二日信子は失踪する。そして、四月二十四日信子との離婚を認めるのである。明治二十九年五月四日の「欺かざるの記」に、

彼の女の母は一個の高慢にして、無学虚栄を好み、人間を知らず、神を知らざる壓

制家たるのみ

と、豊寿に対する憤りを記すのである。

独歩と豊寿に関しては、独歩のほうからの一方的な見方が「欺かざるの記」として残っているのみで、豊寿から独歩をどう見ていたかを知ることはできない。だが、独歩と信子との恋愛から離婚までを第三者の立場で見ていた相馬黒光（当時　星良子　豊寿の姉の娘）は、「黙移」(13)の中で、

文芸を解せず詩的情操を欠く女性であったことであります。

それがため情熱的な少壮などは、叔母の眼中に一介の書生として映るのみ、よく独歩を「奴さん」といっていたものです。

と豊寿からの独歩の見方を記している。さらに続けて、晩年の独歩が豊寿を憎み続けていたことを、

大久保に住んでいた病中の独歩を見舞いました時、彼はしゃがれ声をしぼるようにし

て、信子の欠点を数々あげたり、叔母の罵詈を盛んにやりました。

と、独歩が晩年まで豊寿に対して反感を抱いていたことを記している。
明治二十九年九月十五日の「欺かざるの記」に、

彼の女は吾を捨てゝ走りぬ。今や北海道に母と共に在りと聞く

と記し、同年九月十九日の「欺かざるの記」に、

「薄弱よ、爾の名は女なり」女性の品性に誠実を欠くは薄弱なるが故なり。吾未だ高尚なる女を見ず。女子は下劣なる者なり。

と、『女性禽獣論』の源とも思える女性観を記すのである。独歩は信子との恋愛当初から終始反対し続けた豊寿を恨み続けた。

「吾は未だ高尚なる女を見ず。女子は下劣なる者なり」

と記した独歩が、『女性禽獣論』の『女は禽獣なり人間の真似をして活く』を記すに当たって、信子と共に豊寿もそこに意識していたことは明らかなのである。

〈注〉

(1) 明治四十一年七月十五日　新潮社
(2) 昭和四十四年六月一日　有精堂
(3) 昭和四十五年六月十日　角川書店
(4) 昭和三十六年六月九日　岩波書店
(5) 明治三十五年十月二十七日〜十一月十日「太平洋」四十三号〜四十五号
(6) 明治四十一年八月一日「趣味」八号
(7) 明治四十四年十月三日　日高有倫堂「独歩遺文」収録
(8) 明治三十六年二月一日「文藝界」七号
(9) 明治四十一年七月十五日
(10) 川田　浩「立教日本文学」九号　昭和三十七年十一月二十日
(11) 明治四十五年五月十八日　新潮社「独歩小品」収録
(12) 明治三十三年十二月十日「太平洋」五十号
(13) 昭和十一年六月十日　女性時代社

十一 「武蔵野」に描かれた〔詩趣〕について

一

明治維新以後、文学作品で首都東京の郊外の自然の点景を描いたものでは、国木田独歩の「武蔵野」が、わが国最初の作品である。

「武蔵野」が独歩の代表作品として日本近代文学史上にその名を残すこととなったのは、独歩が幼少年時を〔関東平野〕で過ごさなかったことにその原因があると断言することは、いささか言い過ぎだろうか。

独歩の「武蔵野」中での〔視点＝ポイント・オブ・ビュー〕には、〔武蔵野〕を〔関東平野〕以外で育った〔よそ者〕の目で見ようとしていることが、その根底にあると考えられる。

本稿では、独歩が自ら有していた自然観と異なる、新たなる自然として意識した〔武蔵野〕の自然とはどのような自然であったのか、また、「武蔵野」中で独歩が意識的に使用した〔詩趣〕とは、独歩のいかなる意図によるものであったのか考察したい。

二

独歩の出生地は千葉県銚子であるが、実際に成長したのは山口県下の岩国であり、山口であった。

明治二十年、山口中学校学制改革のため、独歩は山口中学校を退学し上京、二十一年五月、東京専門学校英語普通科に入学するが、二十四年三月三十一日東京専門学校を退学し、五月一日帰郷する。

独歩が東京専門学校を退学した時の父国木田専八と母まむは、山口県熊毛郡麻郷村の吉見とき方に住んでいた。独歩は両親の住む麻郷村へ帰郷したのであった。

独歩は明治二十四年五月四日に麻郷の両親のもとへ着いたが、二十五年六月に弟収二と共に再上京する。この間の独歩の動向は「明治二十四年日記」により知ることができる。

「明治二十四年日記」（学習研究社版『全集』第五巻収録）

五月

四日五日六日七日八日等ハ別に筆す可きなし或は在京ノ諸友に安着ノ通知をなし或ハ弟を伴ふて近郊山林を散歩する底ノ事を以て漫然費消す

六月

日曜七日　美日、午前収治《ママ》ト共に毛氈を携へ屋後の山に登り老松の影、眺望佳なる所に敷き、読書、談話

木曜十一日　午前　収治《ママ》ト共ニ城山ニ登る、眺望佳絶、近郊遠野、水嶌雲山、雙眸にあり

木曜二十五日　此日朝早く高叫山に登ル雲霧漠々、満野漂渺、山岳皆な浮嶌の如し仰げば天日、赫々、光景、極めて絶奇

七月

日曜五日　午前真神を賛美し、郊外山野を散歩して招魂社に至る、遙るかに水場湾内白帆の掛るあり。見下せば稲田、青々、時に農夫の里歌、ろふ〳〵鼓まくを打つ、天地静粛、朝赫々、厳粛、優美の氣、吾を壓す、午後屋後松山に登り、樹陰冷やかな

る処に毛氈を布き横臥道話を読む

山口県麻郷村で親しんだ自然は、瀬戸内海と背後に迫る山や丘の連なりであり、好んで登った〔高叫山〕と名付けた丘からの眺望、特に眼下に広がる瀬戸内海とそこに浮かぶ島々や背後に広がる山々の連なりは、独歩の故郷の自然として心に強く焼き付いたに違いない。

明治二十六年九月一日、徳富蘇峰から大分県佐伯の鶴谷学館の教師を勧められ、矢野文雄への紹介を受ける。佐伯滞在は明治二十七年七月までの約一年に満たぬものであったが、後に「潔の半生」中で、

佐伯は潔が真の故郷なり。父母の故郷なり。さなきだに彼には大なるチャームなりし也。加へて此趣味あり。佐伯に帰るべしと心定めて彼の心は已に佐伯に馳せ、悲みとなり、喜びとなり、夢となり、まぼろしとなり。只だあけくれ佐伯のみ思ひぬ。

と、〔佐伯〕を故郷と描写するその理由に、柳井周辺の自然と佐伯周辺の自然の相似があったことを指摘しておきたい。

三

明治三十一年一月十日発行の『国民之友』第三百六十五号に「今の武蔵野」（一〜五）を、二月二十日発行の『国民之友』第三百六十六号に「今の武蔵野」（六〜九）を連載した。

独歩は「武蔵野」第一章で、

> 畫や歌計り想像して居る武蔵野を其俤ばかりでも見たいものとは自分ばかりの願ではあるまい。それほどの武蔵野が今は果していかゞであるか、自分は詳はしく此問に答へて自分を満足させたいとの望を起したことは實に一年前の事であって、今は益々此の望が大きくなって来た。
>
> さて、此望が果して自分の力で達せらるゝであらうか。自分は出来ないとは言はぬ。容易でないと信じて居る、それ丈け自分は今の武蔵野に趣味を感じて居る

と記し、さらに、

それで今、少しく端緒をこゝに開いて、秋から冬へかけての自分の見て感じた處を書て自分の望の一少部分を果したい。

先づ自分が彼問に下すべき答は武蔵野の美今も昔に劣らずとの一語である。昔の武蔵野は實地見てどんなに美であったことやら、それは想像にも及ばむほどであったに相違あるまいが、自分が今見る武蔵野の美しさは斯る誇張的の段案を下さしむるほどに自分を動かして居るのである（傍点筆者）

と、独歩自身の目で観察した〔今の武蔵野〕の特色を書くことで独歩の望みを満足させたいとし、〔今見る武蔵野の美しさ〕に心動かされていることを明らかにする。

自分は武蔵野の美と言った、美といはんより寧ろ詩趣といひたい、其方が適切と思はれる（傍点筆者）

と、〔美〕よりも〔詩趣〕と表現したほうが、独歩の心にある〔今の武蔵野〕に心動かされた原因を明確に表現できると言う。これは〔美〕なる語では抽象的すぎて、独歩が意図する物語を描くことが不可能であることを言いたかったのではなかったのか。

「武蔵野」執筆動機は、独歩が見た〔今の武蔵野〕に対して感じた美的感情よりも具体的な感情表現としての、〔詩趣〕を作品中に描こうと希求したことにあった。

四

次に独歩の〔よそ者〕意識を見てみたい。第三章で〔今の武蔵野〕の特色として〔落葉林〕を指摘し、その特色を次のように描写する。

> 林は実に今の武蔵野の特色といっても宜い。則ち木は重に楢の類で冬は悉く落葉し、春は滴る計りの新緑萌え出づる其変化が秩父嶺以東十数里の野一斉に行はれて、春夏秋冬を通じ霞に雨に月に風に霧に時雨に雪に、緑蔭に紅葉に、様々の光景を呈する其妙は一寸西国地方又た東北の者には解し兼ねるのである。（傍点筆者）

今の武蔵野の特色である〔落葉林〕の四季を通じての変化は、「西国地方又た東北の者には」理解できない、これは第五章で描かれる〔武蔵野の道〕にも通じている。

武蔵野の美はたゞ其縦横に通ずる数千條の路を當もなく歩くことに由て始めて獲られる。春、夏、秋、冬、朝、昼、夕、夜、月にも、雪にも、風にも、霧にも、霜にも、雨にも、時雨にも、たゞ此路をぶら〳〵歩て思ひつき次第に右し左すれば随所に吾等を満足さするものがある。

これが実に又た、武蔵野第一の特色だらうと自分はしみ感じて居る。武蔵野を除て日本に此様な處が何処にあるか。北海道の原野には無論のこと、奈須野にもない、其外何処にあるか。

と、〔武蔵野の路〕は日本以外のどこにもないと断言し、さらに第八章において〔武蔵野の流れ〕の特色を描くのであるが、そこでも、

自分はもと山多き地方に生長したので、河といへば随分大きな河でも其水は透明であるのを見慣れたせいか、初は武蔵野の流、多摩川を除いては、悉く濁って居るので甚だ不快な感を惹いたものであるが、だん〳〵慣れて見ると、やはり此少し濁た流れが平原の景色に適って見へるやうに思はれて来た（傍点筆者）

と、それまでの独歩が抱いていた自然観で見た〔武蔵野の自然〕は、違和感を感じるものであったものが、今では受容することができる自然へと変貌していることを明らかにする。

さらに、〔武蔵野〕の自然を受容した独歩が、〔自然を見下ろす〕または〔俯瞰する〕ことが武蔵野ではできないことを作品中に記す。

例えば、第二章で、

> 林はまだ夏の緑の其のままであり乍ら空模様が夏と全く変ってきて雨雲の南風につれて武蔵野の空低く頻りに雨を送る其晴間には日の光水気を帯びて彼方の林に落ち此方の杜にかゞやく。自分は屢々思った、こんな日に武蔵野を大観することが出来たら如何に美しい事だらうかと。（傍点筆者）

また、第三章で、

> 日光とか碓井とか、天下の名所は兎も角、武蔵野の様な広い平原の林が限なく染ま

って、日の西に傾くと共に一面の火花を放つといふも特異の美観ではあるまいか。若し高きに登て一目に此大観を占めることが出来るなら此上もないこと、よし其れが出来難いにせよ、平原の景の単調なる丈けに、人をして其一部を見て全部の広い、殆ど限りない光景を想像さする者である。（傍点筆者）

と、武蔵野の林の夕日を俯瞰を希求する願望を記している。
また、第四章において武蔵野の野の特色を次のように記す。

武蔵野には決して禿山はない。しかし大洋のうねりの様に高低起伏して居る。それも外見には一面の平原の様で、寧ろ高台の處々が低く窪んで小さな浅い谷をなして居るといった方が適当であらう。

武蔵野の平原では、全く見下ろすような景色が得られないかというと必ずしもそうではないようで、第四章の最後の部分で、次のように記している。

萱原の一端が次第に高まって、其はてが天際をかぎって居て、そこへ爪先あがりに登て見ると、林の絶へ間を国境に連る秩父の諸嶺が黒く横たツて居て、あたかも地平線上を走ては又た地平線下に没して居るやうにも見える。（傍点筆者）

しかし、第五章では次のように、武蔵野における高所からの眺望が不可能なことを記している。

右に行けば林、左にゆけば坂。君は必ず坂をのぼるだらう。

兎角武蔵野を散歩するのは高い處高い處と撰びたくなるのはなんとかして広い眺望を求むるからで、それで其の望は容易に達せられない。見下ろす様な眺望はけっして出来ない。それは初めからあきらめたがいゝ。（傍点筆者）

「それは初めからあきらめたがいゝ」とは、独歩が何度も高所から武蔵野を俯瞰することを試みた上で導かれた結論であった。

関東平野に生まれ育った者には、数十里四方の関東平野を一望することなど、物心ついた時から考えもしない。つまり、東京周辺の人間は、独歩のような〔高所からの俯瞰または眺望〕するような視点を最初から持ち合わせていない。それは、どこまでも広がる平野や、林の彼方に横たわる秩父や丹沢や雪をいただく富士の山も毎日目にしている景色であり、林野を流れる細流は生活する上で必要なものであり、特別な感情が入ることはない。

　このように、「武蔵野」中における独歩の〔違和感〕を探ってきたのは、そこには〔武蔵野〕以外で成長したいわゆる〔よそ者〕の目だからこそ、見て感じ取れた〔武蔵野の自然の特色〕が描かれていることを探るのを目的としたからである。

　山口時代に培われていた独歩の自然を見る視点は、高所から眺望することであり、俯瞰する眼下の広がりが当たり前の自然であった。それが、武蔵野において関東平野の広大なる平原の広がりを眼前にして、独歩の心にあったそれまでの自然観との相違に気がつき、遙かな広がりの武蔵野の中での自然と人間との営みを、どのように受容するか、それを実践しようと試みたのが「武蔵野」であった。

五

　第三章において独歩は、〔今の武蔵野〕の特色として〔林・落葉林〕を描く。〔落葉林〕の特色を描く上で、独歩が意識して使用した言葉が〔美〕に代わる〔趣〕である。第三章の〔落葉林〕描写にツルゲーネフの「あひびき」の影響があることは周知のことであるが、独歩は「武蔵野」第三章において〔今の武蔵野〕の〔落葉林〕の特色を描くのに、意識的にツルゲーネフの「あひびき」を用いる。それは、「あひびき」引用の前の文と、引用後の文とでは、次のように意識的に言葉を書き分けていることからも明らかである。

　元来日本人はこれまで楢の類の落葉林の美を餘り知らなかった様である。林といへば重に松林のみが日本の文学美術の上に認められて居て、歌にも楢林の奥で時雨を聞くといふ様なことは見當らない。自分も西国に人となって少年の時学生として初て東京に上ってから十年になるが、かかる落葉林の美を解するに至ったのは近来の事で、それも左の文章が大に自分を教えたのである。（傍点筆者）

「あひびき」引用の前の第三章の本文で用いられているのは、〔落葉林の美〕である。引用後は次のようである。

　則ちこれはツルゲーネフの書たるものを二葉亭が訳して「あひびき」と題した短編の冒頭にある一節であって、自分がかかる落葉林の趣をするに至ったのは此微妙な叙景の筆の力が多い。これは露西亜の景で而も林は樺の木で、武蔵野の林は楢の木、植

物帯からいふと甚だ異て居るが落葉林の趣は同じ事である。（傍点筆者）

「あひびき」引用後では、独歩は引用前に使用していた「落葉林の美」を「落葉林の趣」と書き分ける。

これは〔今の武蔵野〕の落葉林の中で、さまざまなことに遭遇することの〔面白さ〕を記したかったので、「あひびき」を読むことで、独歩が意図したことが判読できることを表現しようとしたものである。

六

独歩が「武蔵野」中で描こうとした主題は、第一章で記した〔今の武蔵野〕の〔詩趣〕である。単なる〔美〕ではなく、〔美〕よりもさらに具体的な思考上の表現として用いた言葉が〔詩趣〕であった。

第七章で、

僕が考えには武蔵野の詩趣を描くには必ず此町外れを一の題目とせねばならぬと思ふ。

（傍点筆者）

と、〔武蔵野の詩趣〕は〔町外れ〕が題目であることを記し、この〔町外れ〕を題目とするとの考えにより導かれたのが第九章で、

> 郊外の林地田圃に突入する処の、市街ともつかず宿駅ともつかず、一種の生活と一種の自然とを配合して一種の光景を呈し居る場所を描写することが、頗る自分の詩興を喚び起すも妙ではないか。（傍点筆者）

と、〔生活と自然〕が融合している場所に〔詩興〕を感じると記す。

独歩は「紅葉山人」を明治三十五年四月八日発行『現代百人豪第一編』に書く。この中で、紅葉に対して〔洋装文学〕との痛烈なる批判を行うのであるが、独歩の紅葉批判の規範として用いたのが〔詩趣〕であった。

「紅葉山人」中で、次のように〔詩趣〕を根拠としての紅葉批判を断行する。

> 嵯峨の屋主人が曾て『普通人の一生涯』といふ小説を書いた。畢竟普通人の生涯を

> 此悠々たる天地間に置いて見ればこそ詩趣があるのである。主人がこれを描かんと企てたのは蓋し此詩趣に触れたからであらう。然るに紅葉山人の作物には確かに此詩趣が絶無である。其描く處の人物は間貫一に至るまで幾十人の者悉く是れ社会の一員たるに過ぎずして天地の生霊でない。（傍点筆者）

さらに、

> 然るに紅葉山人は此要求をはき違へて金色夜叉を書き初めた。故に其描く處の貫一の煩悶苦悩を以て能く人心内部の機微とかを十分現はさんと企てたるも、遂に又た深き詩趣を欠いて了った。（傍点筆者）

と、俗世間に生きる人間だけ描くのでは〔詩趣〕がないとしている。

「紅葉山人」は「武蔵野」よりも四年後の作であるが、「武蔵野」で用いた〔詩趣〕は、「紅葉山人」中においてもその意味は変わってはいない。それどころか独歩自身〔詩趣〕をより明確に意識していたと考えられる。

「紅葉山人」中で、

曾て湖処子が紅葉に想なしと言ったのも當らない。又た早稲田の評家が紅葉には溢るゝ如き同情あれども人間の霊想人心内部の機微を洞察するの明を欠けりと言ったのも中らない。

畢竟、紅葉の読者をして此二批評家の評の如き感をあらしむ所以は、則ち紅葉の人生を観るや常に世間を見て天地を観ないからである。

ヲーズヲースは「人生を思ひ自然を思ひ人類を思ひ」而て彼の詩は出来たのである、十九世紀の小説家中ツルゲーネフ最も深く人生の根底に觸着して居るとの評ある所以も、畢竟ツルゲーネフの材を取るも必ずしも珍奇の境に求めずと雖も、人間を観るや常に此大自然の懐に置いて見たからではあるまいか。ツルゲーネフの小説を読んだ諸君は必ず此消息を解するであらう。

と、〔自然の中に存在する人間〕を描く必要を強調する。

「紅葉山人」中の次の文も、同じ意味で書かれたものであろう。

其描く人物は山中一軒家に住む無学な樵夫でも可い、裏店に住む熊公ハ公でも可い、此等の人物は天地玄妙の理なぞ知るわけがない、宇宙観も人生観も有ったものではない、たゞ社会の尤も平凡なる一員たるに過ぎない、但し若し之をしも描くべく詩料とするの価値があるならば、矢張り之を描くに天地間に其生を托する哀々たる一生霊として之を観なければならぬ。

これこそ、独歩が「武蔵野」に描こうと試みた〔詩趣〕だったのである。

〈注〉

独歩が嵯峨の屋御室の「普通人の一生涯」と紹介しているのは、「通例人の一生涯」＝（『新小説』第二巻第八号　明治三十年七月）である。

所収論文初出一覧

一　出生に関する疑問
日本大学理工学部「一般教育教室彙報」五〇号　平成三年九月三十日

二　東京専門学校時代
日本大学理工学部「一般教育教室彙報」五六号　平成六年九月三十日

三　「古人」執筆に及ぼした伴武雄・山口行一の死の影響
日本大学理工学部「一般教育教室彙報」六八号　平成十二年九月三十日

四　エマーソン受容――『星』における〔詩人と自由〕の問題――
日本大学理工学部「一般教育教室彙報」四九号　平成三年三月三十日

五　独歩覚書――『愛弟通信』をめぐって――
日本大学国語国文学会「語文」六八輯　昭和六十二年六月二十五日

六　「軍艦の種類」の原本についての考察
日本大学理工学部「一般教育教室彙報」五八号　平成七年九月三十日

七　国木田独歩と宮崎湖処子
解釈学会「解釈」二二八号　昭和四十九年三月一日

八　「二少女」にみる電話交換手事情
解釈学会「解釈」五八一号　平成十五年八月一日

九　新資料　詞華集『花天月地』『花月集』について――独歩の詩の収録詩集――
解釈学会「解釈」四一四号　平成元年九月一日

十　「女性禽獣論」――母親の投影をめぐって――
解釈学会「解釈」三八八号　昭和六十二年七月一日

十一　「武蔵野」に描かれた〔詩趣〕について
解釈学会「解釈」五六五号　平成十四年四月一日

あとがき

「国木田独歩論」を世に問うことができたことは、喜びであるとともに、今までの私の独歩研究の洗い直しでもある。

昭和四十九年三月、日本大学大学院文学研究科国文学専攻博士課程を退学し、四月から日本大学藤沢高等学校教諭として勤務することになった。大学院終了間際に発表したのが「国木田独歩と宮崎湖処子」である。

大学入学以来、国木田独歩を研究対象にしていたが、大学四年の五月、大学紛争が始まり、大学は封鎖された。四年生として卒業論文に取り掛かる気持ちが固まる前の紛争であった。以来、大学を形だけ卒業するまでの無為徒食な毎日の生活の中で、当時、学習研究社から刊行されていた『国木田独歩全集』を読むことが唯一の慰めになっていた。

今からすると、あの時の紛争は学生にも教員にも、異常な経験だったように思う。懐疑と失意の空白の時間が経過し、年が明けて、形式的に卒業証明書が父親宛に送られてきた時の私は、学問に飢えていたのだろう、大学院進学を躊躇なく選んでいた。

恩師の鈴木知太郎博士が修士課程一年生の講義に、大妻女子大学の吉田精一博士と成城大学の坂本浩先生をお呼びくだされたことが、以後の私の独歩研究の方向を決めることになった。吉田先生からは、近代文学の基礎研究と比較文学研究の重要性を学んだ。坂本先生からは、それまでの独歩研究における問題点の徹底的な見直しを授けられた。

特に、吉田先生の講義は、鷺宮の先生のご自宅での月に一度の集中講義で、毎月口頭発表が義務付けられたことが、私の独歩研究の礎になったと思う。

大学院入学後、吉田先生とは駿河台の古書会館で毎月お目に掛かることになった。ある時、古書会館の本棚の間でばったりお会いしたことがあった。ご挨拶をして先生のお顔を見ると、先生の目線は私の後ろの本棚にある。思わず振り返ると、洋書の中に一冊のエマーソン集があった。先生より先に私はエマーソン集を手にしていた。これが、独歩が読んだと思われる一八九〇年版の『ラルフ・ワルド・エマーソン集』であった。しかし、エマーソンの原文を読むことは、国文学科の学生である私には荷が重く、何度も途中で投げ出したが、その都度、吉田先生は、エマーソンはどうしたかね、とお尋ねになられた。幾度も投げ出したエマーソン集との闘いが以後、博士課程終了直前まで続くことになる。

独歩の「山林に自由存す」は、エマーソンの「詩人論」に発想の源がある、との結論を見つけた私は、博士課程最後の年の暮れの鷺宮のお宅で、エマーソンと独歩の関係を、途中経過として発表した。ワーズワースと独歩の関係はすでに多くの研究家により指摘されていたが、エマーソンと独歩の関係については、少数の外国文学研究家により、示唆されているに過ぎず、テキストについても不明だった。偶然とはいえ、入手したエマーソン集により、独歩とエマーソンとの関係が明らかなものになった。

偶然といえば、「軍艦の種類」の原本である『軍艦解説』も、古書店の埃にまみれて積まれてあった中から入手したのだった。また、昭和四十九年六月、生まれて初めて手にした夏季賞与全額で、独歩の自筆原稿を購入したことは、家庭を顧みることなく、ひたすら独歩を追い求めていた結果だったのだろうか。今になってみると、あの時のひたむきさが懐かしく思える。

大学院修士課程入学と同時に、解釈学会のお手伝いをすることになった。解釈学会は国語国文学の時代と領域を超えた学会で、以後二十数年にわたり学会の会計を担当し、学会を通じて多くの先生とお知り合いになれたことは、近代に限らず、日本文学を広い視野で見なければならないことを学ぶことになった。

ここに収めた論は、大学院時代から発表した国木田独歩に関するもの十一編である。

時代は昭和から平成に移り、日本近代文学研究も時代とともに変化している中で、このような雑な「国木田独歩論」を世に送り出すことは慚愧の念に耐えないのであるが、私の独歩研究の一区切りといたしたく、思い切って公にすることにした。

本論集では主に、独歩の作家以前に論点を置いた。これからは、独歩の作品に関して考察を加えたい。エマーソンとの関係もまだ十分研究されているとはいえない。

最後に、この拙い論集が世に出ることになったのは、絶えず後ろ押ししていただいた、牧野出版社長長谷川和成氏と、編集と装丁にご協力いただいた松原秀氏のお陰である。心から感謝申し上げる。

平成十五年八月

小野末夫

【著者略歴】

小野　末夫（おの　まつお）

1947年　神奈川県生まれ。
日本大学大学院国文学専攻博士課程単位取得満期退学、
日本大学付属高等学校教諭を経て、
現在、日本大学理工学部助教授。

［専攻］
日本近代文学、比較文化・比較文学
主として国木田独歩の研究

［主な著書］
「国木田独歩」研究（2000年 5月　牧野出版）
日本近代文学に描かれた恋愛（2001年 5月　牧野出版）
ミケランジェロの落書き（2001年10月　牧野出版）
「国語表現」入門（2003年 6月　牧野出版）

国木田独歩論

2003年 9月28日　　初版第1刷　発行

著　者　　小　野　末　夫
発行者　　長谷川　和　成

発行所　　株式会社 牧 野 出 版
〒102-0072　東京都千代田区飯田橋2-16-3
Tel. 03-3261-0768 Fax. 03-3261-0445

ISBN4-89500-115-6 C3095